思想者的

人文探索

閱讀
劉再復

林崗 ／ 著

中華書局

序

劉再復

有一位朋友問我，你好像特別喜歡林崗？我糾正道，我不是特別喜歡林崗，而是特別敬佩林崗。林崗比我小十六歲，屬於老弟輩，但我非常敬佩他。想想，其原因可能有二個：一是他的父親林若是「廣東王」，即省委第一書記。他是準確意義上的「紅二代」，他要是選擇從事政治，只要父親開口，當個市長市委書記絕對不會有問題，但他卻質樸得像個農民，偏偏選擇學術，認定學術為終生追求目標，這種人生的基本選擇，說明林崗從根上就具備的優秀品質：不慕功名，不求顯赫，只求真理和生命質量。凡是認識林崗的人，都知道他做人特到低調，因為他早已看清功名、財富、獎賞等世俗目標的虛

無。他天生擁有一種現代的貴族性，即高度自尊，任何功名利祿都無法動搖的自尊。林崗讓我佩服的另一個原因是他天生就很理性，比我理性。一九八八年在與他首次進行合作共著《傳統與中國人》，此書主要由他執筆，我僅動筆寫了兩章。在與他合著的過程中，我發現他寫作時沒有情緒，沒有義憤，沒有文學人常有的「溢美」與「溢惡」。他告訴我，能用學術語言處全用學術語言，不用文學語言。這兩種語言當時我尚未分清，經過與他的合作，我便把「分清」提升為自覺。其實他不僅做文理性，做人也理性，中國社會科學院祕書長親自告訴我，我們已選定林崗為「接班人」，就怕他不接。真的，林崗從不在乎黃袍加身，既選擇學術就全身心投入學術。我把「崇尚真理」當作第一品格，他也是這樣，所以就志同道合，合作得很愉快。一九九〇年至一九九一年，林崗到芝加哥大學看望我（他接受芝大邀請成為芝大訪問學者一年），其政治學講座教授鄒讜先生問我，你在《傳

統與中國人》的後記中說，此書的主要執筆者是林崗，這是鼓勵後生的話，還是事實？我立即回答說，是事實。鄒教授立即提筆寫了一封英文推薦信給傅高義教授，推薦林崗去哈佛大學費正清研究中心擔任訪問學者半年。林崗果然去了，並成為傅高義的朋友。傅高義在《鄧小平傳》中還提到林君的名字。

一九八九年，因為政治變故，我流亡海外。受此重大事件的影響，許多朋友都紛紛與我劃清界線。我理解他們的困難，對他們從未有過微詞。但是，林崗在此時此刻卻表現出他人難以企及的純粹「義氣」。他不僅不怕「沾邊」，而且到芝加哥大學看望我。在芝大一年的時間裏，他和我住在一起。當時有朋友寫信給他，說劉再復已是「敵我矛盾」，你要小心呵。他把此信扔在拉圾堆裏，並且與我合著第二部著作，即二〇〇二年出版的《罪與文學》（香港牛津大學出版社）。此書因為我有時間，在討論確定框架之後便各自執筆其半。此書無

論同意基本論點或不同意，反正是難以否定其學術質量，二〇〇五年我到臺灣中央大學客座時也得知那裏已把《罪與文學》列入教材了。

我說這些，無非是說，在林崗寫我多篇文章之前，我就很佩服他，他完全是我的知音，我的難得的合著者和出色的的研究者。他寫我的文章，全是他對我的鼓勵，沒有任何功利性，就像伯牙與叔齊那種純粹的義氣與情誼，純粹的心靈相通與相契。他寫我的九篇文章，大部分是為我的書籍作序。每篇都是概說，對我而言，都是經典。最讓我心儀的是說得非常「準確」，而其中讓我刻骨銘心的是說到三點要津：（一）點破我的第一品格乃是崇尚真理。確乎如此，為真理我可以犧牲一切，包括生命與榮譽。（二）點破我本可以贏得榮華富貴，但卻選擇艱難的荊棘之路。（三）點破我的發憤模式乃是文學模式，我的人生乃是文學人生。他說：「劉再復是『聖賢發憤』這一中國人文創造傳統的現代傳人。我曾經在一篇

短文中說劉再復是文學的守護人。這一說法遠未窮盡所有，劉再復數十年來，感悟文學、思考文學、捍衛文學、辨析文學又娓娓道文學，他對文學的熱愛、忠誠和激情是罕見的，他的人生是文學的人生。他成就了文學，文學也滋潤了他。劉再復和文學，文學和劉再復，已經難分彼此，乃至融合為一體。他的著述是一筆文學的寶貴財富。」我確實把文學視為生命。出國後也確實發憤，三十年堅持每天「黎明即起」，由於一以貫之，所以寫作出版量比國內多出四倍到五倍。我在《文學慧悟十八點》中說，對於作家而言，文學狀態比文學理念還重要，這是我自己的經驗。「黎明即起」連續三十年，便是狀態。

劉勰在《文心雕龍》中說，知音難求。他指的知音，是當代的（同時代的），這種知音特別難求。林崗離我很近，但他不是貴遠賤近，貴耳賤目，而是真正懂得文學，他對我的閱讀，也只是文學閱讀。

目　錄

壹

劉再復思想學術述評

最合適的比喻就是歌德筆下的浮士德了，劉再復為了遍閱人間追求文學的真理而永不停息地上下求索，在思想和學術的道路上拚搏前行，奮筆疾書，進行思想學術創造。他的人生、思想和學術就是一個浮士德式的隱喻。劉再復一九六三年廈門大學中文系畢業至今，包括散文創作在內出版原創著述五十多種，已經編好的《劉再復文集》有三十卷。超過半個世紀，他既有登高疾呼，站在中國思想學術的前沿吶喊呼號，以其新銳的見解衝破蘇式教條的「羅網」，披靡所向，喚醒同時代的感同身受者；又有退守於自己營造的「象牙之塔」，守住不為一切外力的誘惑與入侵，進行深沉的文學和思想的思索，哪怕世人不理解也孤身前行。他自題的座右銘──「山頂獨立，海底自行」，最能體現他精神求索的氣質。由於眾所周知的原因，劉再復一九八九年去國遠赴他鄉，度過時間不短的漂流日子，最終落腳於美國落基山下波德鎮。以去國為界，他的人生分為二段。他將前段稱為「第一人生」，後段稱

為「第二人生」。兩者當然截然有別並影響到他學術思考的方向。「第二人生」至今三十年，其中也略有差異。前十五年他較多集中於回顧、思考與清理國內時期留下來的問題，雖然身居海外，學術的思考還是面向國內的。去國日久，情形有所變化，後十五年他將自己歸屬「世界公民」，站在普遍性的視野思考文學。他的學術關注已經不是一時一事、一鄉一國，而是有長久普遍價值的問題。

劉再復在《我的寫作史》中將自己超過半個世紀的學術思考和著述歸納為五個維度：一是文學研究。這方面的著作有《性格組合論》、《論文學主體性》、《魯迅美學思想論稿》、《論中國文學》、《現代文學諸子論》、《文學常識二十二講》、《文學慧悟十八點》等，包括他與我合著的《罪與文學》在內，還有文學批評著作如《高行健論》、《莫言了不起》等也屬於文學研究的範圍。二是經典闡釋。如《紅樓夢悟》、《共悟紅樓》、《紅樓人三十種解讀》、《紅樓哲學筆記》與《賈寶玉論》，還有《雙

典批判》。三是人文探索。這方面的著述有他與我合著的《傳統與中國人》、《思想者十八題》、《教育論語》，以及他與李澤厚的對談集《告別革命》等。四是思想講述，如《人論二十五種》，劉再復還寫了二千多條悟語，接近於隨想錄。五是散文創作。國內時期他出版有《潔白的燈芯草》、《太陽・土地・人》、《尋找的悲歌》；去國以後則有《漂流手記》十卷，其後編為《劉再復散文精粹》十卷由三聯書店出版。[1] 除散文不討論外，我覺得五個維度中第三和第四可以合併。因為思想也屬於人文的範疇，可以簡潔一些。如果做一個粗疏的概括，五十多年來劉再復的思想學術集中在文學研究、經典闡釋和人文探索三個方面。其中經典闡釋是「第二人生」時期的工作，而文學研究和人文探索這兩個維度則跨越了國內時期和海外時期，前後期的觀點雖然有所變化，但致力的方向是他恆久不懈的追求。

1　劉再復《我的寫作史》，第二四—二九頁，香港三聯書店，二〇一七年版。

由於劉再復在思想學術領域的奮發拚搏和他驚人豐沛的創造能力，集成為一個巨大的精神存在，並非輕易能夠把握好。筆者深感功力有所未逮，只能做一二嘗試，勾勒一個大致的輪廓，以為後來者的研究略作鋪墊。所幸的是劉再復著有《五史自傳》，將自己思想學術的來龍去脈講得非常清晰。我按照他的線索略加連綴並兼及一些淺見，故以之為簡略的述評。

一　學術思考的三級跳

　　劉再復的學術起步於魯迅研究。這有時代的原因，也有他自身的眼光。「文革」期間的中國，可光明正大地讀的文學書不多，可讀而又有思想的就只有魯迅了。劉再復天生愛思想，而喜愛文學的背後是酷愛思想。這樣魯迅就成為首先關注的研究對象。他的第一本專著《魯迅與自然科學》是他和自然科學史所的朋友金秋鵬、汪子春共同完成的，寫於「文革」後期。從選題看，迴避了當時流行的對魯迅的大論述，另闢蹊徑。雖然他多年以後回憶覺得它很「幼稚」，但也可以看出劉再復不跟從時流的眼光。書出版於一九七六年底，「四人幫」剛被打倒，學壇一片荒疏。書送到魯迅研究的權威李何林手中，得到了他「開拓了魯迅研究的新領域」的

高度評價。

劉再復的第二本魯迅研究專著《魯迅美學思想論稿》則比第一本上了一個大臺階。用他的話說就是從「我註魯迅」跨越到「魯迅註我」。「文革」結束，思想解放的氛圍正在形成，全國各條戰線各個領域得風氣之先的先覺者都在反思過去，力求衝破教條。劉再復將魯迅的美學思想總括為求真求善和求美。文學藝術當以真善美為準繩，作家當追求真的善的和美的藝術，這是沒有錯的，但劉再復以此來闡釋魯迅的美學思想，卻是存了一個突破沿用多年「政治標準第一，藝術標準第二」的批評教條的用心，以真善美來代替沿襲多年的批評教條。因為所謂「政治標準」落實在批評實踐中，其實就是應時的文件政策或者領導人的講話，它們代表了實在生活中的政治。作家的創作一旦被批定為違反了這些「政治標準」，那就見天無日了。作品不但不為世人知曉，連作家的創作生命都黯然結束。「政治標準」如同緊箍咒套在作家的頭上，劉再復意圖

通過自己的學術研究去掉作家頭上的這個緊箍咒。魯迅的權威那時還無人敢挑戰，劉再復用權威的影響力，以學術開闢一條文學事業的新路，正所謂「魯迅助我開生面」。從這一點可見劉再復學術眼光的敏銳。他不是一個書齋型的學者，而是一個思想型的學者。這部著作奠定了他思考中國文壇面臨迫切問題的基礎。書中關於文藝批評真善美標準的部分由《中國社會科學》一九八〇年第六期發表，受到老一輩學者季羨林、周振甫、王瑤、郭預衡、金維諾的高度讚揚，並獲得該雜誌「青年學術論文獎」。這說明劉再復的學術關注確實以與時代社會息息相關為其風格和特點。

　　魯迅研究對劉再復思考迫切問題的最大幫助當然不會是魯迅關於文學批評標準的論述，而是魯迅論《紅樓夢》寫人物的筆法，魯迅數十年前獨到的眼光啟發了劉再復突破建國後文藝教條的具體路徑。魯迅在《中國小說的歷史變遷》講到《紅樓夢》在中國小說中「實在不可多得」，它將「傳統的思

想和寫法都打破了」。又説，「其要點在敢於如實描寫，並無諱飾，和從前的小説敍好人完全是好，壞人完全是壞的，大不相同，所以其中所敍的人物，都是真的人物。」劉再復多年後談到自己這一時期的學術發現：魯迅的話「從根本上啟迪了我。『敍好人完全是好，敍壞人完全是壞』，這種單一化、畸形化的傳統格局，不正是當下中國文學創作界的格局嗎？什麼『高大全』，什麼『三突出』，什麼『典型環境中的典型性格』，不正是傳統格局的極端化與病態化嗎？這種格局便是『扁平性格』的格局，偽型性格的格局，必須打破這種格局，中國當代文學才有出路。我當時強烈地意識到，當代小説所塑造的英雄，全都帶着假面具，全都是假人假性格。真的人物包括真的英雄，一定會有人的弱點，其性格一定是豐富複雜的，其性格運動一定是『雙向逆反運動』。」[2]

2　劉再復《我的寫作史》，第五八頁，香港三聯書店，二〇一七年版。

由魯迅的話而聯想到中國文學創作的當下局面和存在問題，觸發了劉再復的學術創造熱情，他迎來了思想學術創造的爆發期。這就是《文學評論》一九八四年第三期發表的《關於人物性格的二重組合原理》以及一九八六年初出版的《性格組合論》。書一出版就產生了「轟動效應」，當年上海文藝出版社發行了三十萬冊，成為該年度十大暢銷書，獲「金鑰匙獎」。正是這本風行的文藝理論著作奠定了劉再復思想學術界登高吶喊者的形象。從文學實踐的角度看，人物性格的二重組合並不是新問題，在世界文學的範圍內也很難說它具有普遍性，尤其針對現代主義文學。況且人物性格的二重組合說來並不難解，就是魯迅所說，寫人物不是好人完全好，壞人完全壞。人天生善惡兼備，文學當然應該將這善惡兼備的性格面貌寫出來。中外對人性見解深刻的作家寫人多是如此，曹雪芹是這樣，莎士比亞也是這樣；陀思妥耶夫斯基是這樣，托爾斯泰也是這樣；雨果是這樣，狄更斯也是這樣。但為什麼

這樣一個話題經劉再復的闡述就獲得當時文學思想界那樣強烈的反應呢？這就必須回到中國現當代文學史，回到思想學術與時代社會氛圍的互動才能理解，才能看出一個理論命題的價值和意義。

中國現代新文學產生於國難當頭的啟蒙與救亡時刻，現實主義文學是絕大多數作家的選擇，因為現實主義文學最能夠承擔喚起民眾激勵前行的情懷與使命。然而隨着蘇式文藝理念的傳入和建國後形勢的變化，現實主義的前面被加上了「社會主義」的限定詞，這就變得揭示生活的真實帶來限制，或者說對什麼是生活真實的理解被灌注入蘇式文藝理念的內容。例如寫現實生活必須以「階級論」為定準，寫人物必須遵循「典型論」的路徑，寫正面人物必須突出其「高大全」性質。於是原本含義豐富的現實主義退化為徒有其表的狀物寫人的手法。建國後的文藝，除了少數優秀作家有局部的突破之外，絕大部分創作都顯得千部一腔千人一面。就是說，作家被理論教條束縛住了，不是作家缺乏創作

才華，不是缺少生活素材，純粹是理論教條和組織框框的浮雲遮蔽了作家的望眼。這既是解放區文藝和建國以來文藝的問題，更是「文革」十年形成的創作禁錮。《性格組合論》從人心人性的角度，旁徵博引古今中外優秀作家的寫作實踐和他們的文學理念，力證人物性格的本來面目和作家應當如何表現，重新論述人物性格的真實到底是什麼。劉再復的激情文字啟發追求理論創新的青年文學批評家，更啟發和喚起走在創作一線的作家和無數熱心文學的文藝青年。他也因自己的敏銳和才華成為一個時代理論創新的偶像。

從《魯迅與自然科學》，經《魯迅美學思想論稿》到《性格組合論》，劉再復實現了學術的三級跳。選擇一個豐富而深刻的研究對象，不僅得到學術的提升，而且也在此過程中豐富和發展自己對社會人生的見解。劉再復之研究魯迅的自然科學思想，進入探討的角度雖然離真問題尚有距離，但經此學術的第一役，畢竟熟悉了魯迅的美學理念，熟

悉了魯迅的文學批評思想，這便構成他下一個突破的開始。當劉再復將時代社會的感受和問題引入到學術思考中來的時候，他真正找到了對症的藥方。《魯迅美學思想論稿》是用魯迅的藥來治時代社會的病症。如果説批評標準的僵化尚是小病症的話，那《性格組合論》所針對的便是更大的時代社會病症。當然這個更大的病症也不算是根本的病症，對中國文學思想在過去時代形成的根本病症的思考要等到他的下一部學術著作《文學主體論》來探究。但由此我們看到他思想學術的基本輪廓已經形成，一方面是思想資源源源不斷地補充，澆灌自己的思考和判斷，另一面是捕捉時代社會的緊迫理論問題以形成學術的問題意識。就這三部撰述而言，是不是「我註魯迅」或者「魯迅註我」可能都不足以説明問題，總之是一種我中有對象，對象中有我的流露撰述者鮮明個性和品格的著述。

　　整個八十年代，劉再復在學術上一步一個腳印，踏實前行。他還寫了許多文章，引領文壇，鼓

勵創新突破。他的言行舉動成了全國文壇的風向標，他是突破教條，衝鋒陷陣的先鋒。這個時期的文章收在《文學的反思》一書，其中《文學研究思維空間的拓展》，暢論近年文學研究領域中新出現的重要發展動態，推動文學研究新方法、新觀念的運用。八十年代初出現了將自然科學、心理學的方法運用到文學研究中的現象。如今看來有所不足，但那時不但突破教條，而且一新耳目。劉再復的文章加以介紹推廣，給當時新銳批評家很大的鼓舞。《文學研究應以人為思維中心》一文，更是他日後主體論的先聲。劉再復高屋建瓴，將當時文學科學的變革歸納為兩個基本內容：「以社會主義人道主義的觀念代替『以階級鬥爭為綱』的觀念」；「以科學的方法論代替獨斷論和機械論決定論」。[3] 這兩個替代的核心是主體的人居先於客體的物，可見劉再復的思考越來越接近思想理論問題的核心所在。

3　劉再復《文學的反思》，第四〇頁、人民文學出版社，一九八六年版。

二　文學主體論的創立

　　《性格組合論》一紙風行更激勵了那時充滿激情和鬥志的劉再復，他將文學理論的思考推到極限的邊緣。這便是他一九八五年第六期和次年同刊第一期發表的《論文學的主體性》。他致力於構建一個與既有文學理論框架完全不同的理論大廈，而《論文學的主體性》是這座大廈的基礎和棟樑。這樣根本性思考宜其剛發表便掀起軒然大波，成為一樁影響深遠的思想理論界的學案。

　　理解文學主體論不能離開大背景和小背景。大背景是政治主導的思想解放的社會氛圍，小背景是先知先覺的學者對中國現當代史沉痛而深刻的反思。兩者有契合也存在距離。整個八十年代「文學研究思維空間的拓展」潮流是在「文革」結束後中

國共產黨內反思兩個「凡是」樹立實事求是思想解放路線的大背景下出現的。黨內的反思既是思想性的，也是政治性的。思想性的那一面，有利於開拓空間讓文學和批評理論踏足以往未曾踏足的命題和領域；而政治性的一面，則制約和決定着思想解放的程度。中國當代史這個節點的出現，與中國歷史上禮崩樂壞王綱解體情形下的百家爭鳴有根本的不同，它本質上是檢討「文革」極左路線重新確立治國的再出發方向下探索期的產物。當這個探索期結束，思想解放也就告一個段落。從政治的一面說，思想解放是為了改革開放政治路線的確立，可見連思想運動都要從屬於這個最大的政治，文學乃至理論批評當然也只能是託庇於這個大背景之下，是這個大背景下的小細流。政治大背景的走向決定着思想理論探索的走向，當政治大背景的走向在八十年代末期戛然而止的時候，思想的探索也戛然而止了。

　　與大背景的政治反思兩個「凡是」不同，先知

先覺學者有鑒於建國後以《聯共（布）黨史簡明教程》代表的蘇式斯大林主義教條的籠罩，將反思推進到哲學根本觀念和思想方法。早在一九七九年李澤厚便出版了《批判哲學的批判》，初時哲學圈的反響是一新耳目。到一九八四年出修訂本，主體哲學的思路便漫出哲學圈而波及理論思想和文學圈子。劉再復得風氣之先，由此得到對於文學的啟發：「按照康德的說法，人是『目的王國』的成員而非『工具王國』的成員。把這一觀念引入文學領域，那就是說，作家是文學目的王國的成員，而不是政治工具王國的成員。而我國的文學藝術，其根本問題恰恰是作家變成了政治工具，作品變成政治意識形態的號筒。」[4] 正如周知的那樣，建國初期就請來當時蘇聯二流的文學理論家畢達可夫，他的授課筆記結集成《文藝學引論》，由此開始建構新中國的文學理論，它的落成形式可以葉以群主編的《文學

4　劉再復《我的寫作史》，第七二頁，香港三聯書店，二〇一七年版。

的基本原理》為代表。如今，劉再復決意拆解這座舊的文藝理論大廈，建設主體論為基礎的新大廈。

　　劉再復決意從事的這項建構存在重大的理論挑戰，他將理論基礎直接建立在與既有理論不同的哲學認知上。他不是修補，而是重建；他不是局部單挑，而是根本拆解。舊理論的哲學基礎是唯物論的反映論，一切對文藝基本原理的理解都是從這個前提推導出來的。既然前提是經濟基礎決定上層建築和意識形態，文藝就被定位為替經濟基礎服務的意識形態，由此論證了文藝為政治服務的合理性。既然前提是存在決定意識，意識反映存在，文藝就被定性為反映存在的藝術形式，由此便派生出作家深入生活改造思想的命題。要是作家寫出來的作品不符合那時的社會政治氣氛，那就是錯誤地反映了存在。如果問文學又是怎樣反映的呢？回答必然是典型環境裏的典型形象。因此作家刻劃出典型環境的典型人物，就能夠正確反映社會存在。怎樣寫出典型環境的典型人物呢？那就要遵循「三突出」的創

作原則。很明顯，哲學基礎是這理論的前提；典型論是第二層，針對着文學的訴諸感性的特徵；「三突出」原則就是寫作的技巧論。這套理論是高度成熟的，既可以批評，又可以用於創作。一句人物形象不典型，不能正確反映社會關係或階級關係，小則被戴上唯心主義的帽子，大則上綱上線，這是建國後近三十年文學批評和創作的常見生態。這套文學觀念及其理論大廈，說嚴密夠嚴密，然而從創作實踐的角度看完全失敗，對文學傷害其大。

劉再復的主體論也從哲學前提出發，他的哲學前提是康德「人是目的」的主體觀念。反映論的重心在物，主體論的重心在人；反映論的重心在對象，主體論的重心在主體。由以物、以對象為重心轉移至由人、由主體為重心論文學，這是一個根本立足點的轉移。劉再復認為「我們的文學研究應當把人作為主人翁來思考，或者說，把人的主體性作為中心來思考」。《論文學的主體性》開宗明義，設想「構築一個以人為思維中心的文學理論與文學史研究系

統」。劉再復的這個理論雄心，要比五十年代錢谷融「文學是人學」的說法高遠很多。雖然「文學是人學」論也是針對文學反映論的。錢谷融明確說到，文學是寫人的，不是反映社會生活的。然而在不同於五十年代的社會條件下，文學是人學的命題需要深化，需要放在牢固的哲學基礎上進行再論述。而劉再復文學主體性的理論可以看作是文學是人學論題的深化，劉再復自己也是這樣看的。畢竟有康德的批判哲學做基礎，它給主體性概念在文學領域的展開提供思想的保障。康德哲學的出現恰當歐洲哲學思考以神為中心轉移到以人為中心之際，而八十年代中國社會則處於由機械唯物論和僵化反映論以物為中心到思想解放多方探索以主體為中心的關鍵時刻，主體論的思考方式出現可謂恰當其時。它由哲學領域出現，經由劉再復的論述伸延至文學領域，構成思想與文學兩個領域的相互呼應。主體論不但哲學基礎牢固而可資借鑒，而且有極強的針對性和可延展性。從這個根本概念出發可推衍出包含

廣泛的命題。

文學主體性理論有三個構成部分，或者說它朝三個方向伸延論述，「即：（一）作為創造主體的作家；（二）作為文學對象主體的人物形象；（三）作為接受主體的讀者和批評家。」筆者覺得，這三個伸延論述最有創意和針對性的是前面兩個。它們包含了對重大理論問題的思考，這些思考達到了「正統」所能容許的極限。在對象主體性的部分，劉再復實際探討的，簡言之即人是什麼？理解文學而回到這個最初的原點似乎「倒退」太多，但數十年來胡風所稱公式教條主義大行其道，弊端固然出在文學，但思想的根子卻不是文學而是哲學。劉再復敏銳看到這一點，這才是他回到原點的原因。以往理解人的出發點是馬克思那句著名的話，「人是一切社會關係的總和」，並奉之為圭臬，於是社會關係就定義了人。對作家表現的人來說，寫出種種表徵「社會關係」的事物，如社會力量的對比、階級關係、階級衝突等，就算是寫好了人。落實在寫作上，

則將人分類定格，如「正面人物」、「反面人物」、「英雄人物」、「落後人物」、「中間人物」等等。所有這些貼標籤的幼稚做法，劉再復將之總括為「主體性的失落現象」。其根本缺陷是取消了「以人為本」，轉而「以物為本」。人的豐富性、自主性、自由等都在馬克思主義的旗號下統統被抽空了，人的所存，僅剩空名，人轉義而為物。劉再復認為，這一切的原因是教條式地理解了馬克思，選擇性地忘記了馬克思關於人是「自為的存在」、「有意識的存在物」的思想。在當時的條件下爭論實際上是圍繞着一個死結進行的：究竟什麼是馬克思的真義？劉再復用現實主體與文學主體將主體問題安置於不同層面。作為現實主體，他認同人可以被工具化，可以扮演「世俗角色」；但作為文學主體人不能被工具化，作家必須當好「超越角色」，因為文學是將人作為目的的王國。現實主體與文學主體的劃分，顯示出劉再復將理論教條和政治教條排除出文學王國的意圖，他決心為文學王國尋找它自足的定

律。然而這項思辨性極強的操作的艱險程度超出了他的料想。這既與馬克思關於人的理解的統一性有關，又與多年左傾教條的影響有關。無論劉再復怎樣分辨，一旦涉及什麼是某種「教義」的準確含義，就不是思想論述本身所能單獨決定的，它必然牽涉解釋權。於是我們看到，劉再復倡導的文學主體性理論，其實是將自身置於進退兩難的不利處境。他明明知道，他挑戰的不僅是文學領域的陳舊觀念，而且也是「教義」。他做到了當時能做到的極限。正是在這個複雜的局面裏，我們看到劉再復的道德勇氣。因為關於解釋權，他實際沒有勝算。解釋權是被更大的政治氛圍和政治選擇決定的。這道橫梗他不可能不知道，正因為知曉而擔當，這就是人在一定歷史條件下本於道德勇氣而對社會進程的推動。所以對於文學主體性理論的價值，不能糾纏細節的論述：比如究竟怎樣解釋人才符合馬克思的原意；「以人為本」是不是太欠缺現代性；既然講主體，主體間性放在什麼位置；等等。筆者以為，看一個

思想命題的價值，還是要看它對思想的釋放作用，還是要看它對當時社會發展的推動作用，不必糾纏於枝節。

反映論最初作為認識論用在解釋文學作品的內容，確乎有幾分道理。但隨着革命力量的壯大，反映論用於文學實踐，帶來了嚴重問題。這就是劉再復指出過的，「我們不能因為反映論哲學觀的歷史合理性和理論合理性，便把建立在其上的現實主義文學理論凝固化和片面化。」[5] 反映論凝固化和片面化最主要的表徵是人從心物二元對立中消失了。反映論的基礎是心物二元對立論，而作為實踐命題的人在這二元對立的圖式中被取消了。正如劉再復說的，反映論「始終無法真正認識人在世界上的位置」。反映論也承認人的主觀能動性，但這種能動性也是在認識的範疇內起作用的。離開認識論範疇，主觀能動性不起作用。對於「文革」過後的百

5　劉再復《論文學的主體性（續）》，《文學評論》，一九八六年第一期。

廢待興，認識倒在其次，實踐是更攸關的。也許由於這種原因，主體論在哲學領域處於只聽樓梯響不見人下來的狀態，而在文學理論批評領域則異軍突起，影響所及比之哲學更為廣泛，就是因為它在文學領域更有針對性，更為適合文學訴諸感性的特點。文學的對象本來就是人，人所具有的豐富性，包括其實踐主體和精神主體的地位、心靈世界的廣度和深度，能否在文學作品裏呈現是創作成敗攸關之所在。以往文學實踐的挫敗根源上是對人的理解的挫敗。劉再復將左翼文藝運動以來，特別是建國乃至「文革」以來文學實踐的失敗歸結為「主體性的失落」是十分恰當的。失去了人的豐富性的文學，只剩下階級、敵我的標籤，這樣的文學只是標籤的文學。

主體論伸延出來的創作主體論或稱作家主體論本質上是思辨的創作論，這是劉再復提出文學主體性的一個大特色。劉再復沒有太多探討作家拿手稱雄的「能事」，即創作的構思、技術問題等，這

部分內容他歸之為「實踐主體性」。他重點討論的是「作家內在精神世界的能動性，也就是作家實踐主體獲得的內在機制，如作家的創作動機、作家在創作過程中的情感活動等等」，劉再復稱為的「精神主體性」。[6] 這個思路很顯然區別於胡風的主觀論。胡風批評理論的精華即集中在論述作家與所寫題材人物的關係，指出作家需要與之「肉搏」、「燃燒」、「融合」，很像劉再復輕輕放過的「實踐主體性」。我覺得，劉再復所說的作家精神主體性，更像是論述作家應該有什麼樣的人格精神的境界，是一種在新的歷史環境裏的作家人格精神的境界論。他的人格精神境界論最為強調的是作家主體精神的超越性。

在具體展開論述的過程，劉再復借用了馬斯洛的「需求理論」。馬斯洛將人生需求的最高層次定為「自我實現」，劉再復也就予以借用。其實不借

6　劉再復《論文學的主體性》，《文學評論》，一九八五年第六期。

用也是行得通的。要是不借用，還可以不著可有可無的個性主義的痕跡。因為講到底，作家的人格境界可以是純粹個性主義的，也可以是將個性主義包涵在內但非純粹個性主義的。僅僅將作家主體性的實現定義為「自我實現」，似乎語辭不能盡道其所包含的豐富意蘊。從這個角度看，劉再復的補充論述，認為創作實踐應當追求超常性、超前性和超我性，就十分必要而且合理，體現了理論家的敏銳和洞察。劉再復認為，作家要想讓創作次第升華，邁向更高的境界，首先要「超越世俗的觀念、生活的常規、傳統的習慣偏見的束縛」；其次要追求「巨大的歷史透視力，能超越世俗世界的時空界限」；然後當追求超我性。在這裏劉再復對來自馬斯洛的詞彙「自我實現」進行了重新定義。超我性意義上的自我實現不是將一切歸於自我，「自我實現是為了實現自己的理想力量、智慧力量、道德力量和意志力量。為了實現自己這些主體力量，作家不承認

外界的偶像，包括不承認自我的偶像」。[7] 掙脫了自我偶像的超我性，被劉再復最終理解為「超越封閉性自我的大愛」。他在文中使用「使命意識」和「憂患意識」來形容詩人作家的超我性，認為這才是「古今中外優秀作家最核心的主體意識」。聯想到哲學家馮友蘭用「天地境界」來命名人格修養的終極澄明，劉再復此處所探討的作家精神主體性，已經與此有異曲同工之妙了。

現代文論自王國維之後，創作者的精神性內涵，已經久不討論了。它作為一個命題，在文學理論領域漸次消失。自左翼文學興起，在現代革命大潮的背景之下，它蛻變為作家的世界觀問題。然而經此蛻變，其含義完全顛覆。轉義為不是在人格精神境界的脈絡下探討其內涵，而是在世界觀改造的脈絡下如何讓作家轉變立場。可以說命題和含義都完全南轅北轍。在這種精神氛圍之下，作家的人格

---

7 劉再復《論文學的主體性》，《文學評論》，一九八五年第六期。

越來越萎縮、卑微，乃至失去其精神靈魂。建國後能突破這個框架的作家鳳毛麟角，更多的作家剩下的是為「政治」服務的「技巧」，成為文學領域的「匠人」。作家在當代的「匠化」現象，是當代文學最嚴重的失敗，也成為當代文學史上的嚴重問題。劉再復的文學主體論少談作家的「能事」，多論作家的人格精神境界，其實是有很強針對性的，很有必要。期待結束這個「匠化」現象，是他感受的社會時代的使命。他關於作家精神主體的論述是當代重拾源遠流長的作家人格境界論命題的第一人，其深度、廣度和針對性在同時代都無人出其右。

《論文學的主體性》發表之後，隨即引起激烈的論爭。論爭沿着從思想的論辯向政治意味濃厚的方向演變。到了一九八九年社會氣氛已經變得不再適宜做類似理論探討了，倒是劉再復本人心有戚戚。他在海外寫了長文《再論文學主體性》，回答了別人對他的責備，解釋了他的理論用心，並且補充了他後來認為不夠完備的若干論述。因為將主體問題

引入文學，作為一個批評的立足點是一回事，作為建構新的文學理論大廈是另一回事。劉再復當初致力的，應該是後者。但是這樣做會產生新的問題：主體這個概念究竟能不能達到如此高的提綱挈領的程度，產生出統率性的效果？疑問歸疑問，劉再復本人卻是一如往昔地努力，我們可以看到他鍥而不捨的頑強精神。他通過擴展主體的概念，讓它產生更大的適應性，以涵蓋文學領域更多的問題。例如他在「創造主體性」部分論述了「藝術主體對現實主體的反抗與超越」問題；他在「技巧的追求」部分，提出了「詩與小說文本中顯主體和隱主體的反差與變幻」問題。[8] 這些理論的努力都看得出他將主體概念伸延進入更具體的文學藝術特殊性的用心，以按照主體的邏輯完善新的理論大廈。不過文學主體性的探討意外遭遇一個更大的理論背景：即歐洲

8　劉再復《再論文學主體性》，劉再復著、沈志佳編《文學十八題》，第四五八、四七六頁，中信出版社，二〇一一年版。

後現代主義思潮戰後興起而在八十年代重開國門時傳播進來。於是後現代理論思潮所針對的歐洲啟蒙時代所建立的理性大廈在中國毫無差別地被當成針對包括主體論在內所有正面的理性建樹觀點的質疑、責備乃至嘲諷的思想資源，應該說這也是導致主體論未能突進，文學主體性理論最終處於「未完成」狀態的背景原因。後現代思潮以解構標榜，「只破壞不建設」。它在中國棄舊圖新的時候風頭更健，轉移了人們的注意力。因時空的錯位而對中國亟需的理論探索和建設產生了消極解構作用，這是一個思想的不幸。

如果不是政治局面的突然變化，以劉再復的性格和思路，主體論將會探討下去，直到理論的全面完成。因為論爭中除了那些有意上綱上線的不良用心之外，還有很多善意的批評和補充。康德畢竟是將近兩個世紀之前的哲學家了，尤其是後現代思潮的出現，至少提出了很多當代性的問題。即使沿着主體論的思路，也要回應這些當代性的問題。劉再

復是有這個思想準備的，他在《我的寫作史》寫道，「《論文學主體性》引發了全國性的討論之後，我仍然繼續思考。一九八八年，我開始收集關於『主體間性』（也稱『主體際性』）的各派觀念，準備再寫一篇『論文學的主體間性』。」[9] 人作為主體的內在黑暗性也將會進入探究的範圍。康德的主體是啟蒙時代的主體、理性的主體，康德幾乎沒有涉及主體的陰暗。西方現代理論從弗洛伊德開始，在這方面諸多闡述，也有重大建樹。文學主體論補充這方面的內容，會豐富很多。時代的殘酷就是這樣，它不會等你完成好擬議中的構思，它經常毫不容情地中斷個體的思想創造活動。劉再復對此有深刻的體驗：「到了海外之後，我才發現，離開中國的語境，繼續講述文學主體性沒有多少人關注，除了校園裏極少數文學理論研究者之外，根本沒有別的人關注。在美國校園語境中，沒有論敵，沒有聽眾，

9　劉再復《我的寫作史》，第七九頁，香港三聯書店，二〇一七年版。

　壹　劉再復思想學術述評

沒有迴響。」**10** 究其實，為時代社會所傾注的思想理論是需要實在的社會土壤的，身處其中可能渾然不覺，一旦脫離，這種依賴性便一目了然。主體論的命運也是一個極好的例證。

10　劉再復《我的寫作史》，第八〇頁，香港三聯書店，二〇一七年版。

三　文學研究與人文探索

　　劉再復去國後他的書將近二十年沒有在大陸出版，以至更年輕的一代都不知道當年大陸學術界這位風雲人物了。直到二〇〇九年才打破僵局，他的海外時期散文選集《遠遊歲月》首先出版。自一九八九年風雲突變之後，劉再復也經歷了一回從高峰跌落下地的體驗。其實他從離開大陸之後更加拚搏，著述量更大，至少兩倍於國內時期。這個時期的前段，他經歷了艱難而痛苦的「舊我」的蛻變。他在散文中用「轉世投胎」來形容，因為漂流斬斷了與故國鄉土的「臍帶」，經歷種種人生和精神的陣痛，彷彿要重生一次。到了海外，他的名祿不是被褫奪就是自動消失，他頭上的光環也隨之褪去。從前社科院文學所所長、《文學評論》雜誌主

編、國務院文學學科召集人等頭銜，統統失去了意義。一切都要重新打拚，一切都要重新開始。這就是他所形容的「第一人生」和「第二人生」的來由。當這個精神蛻變進行和完成之後，他覺得自己彷彿睜開了「天眼」，他的思想比之前更加開闊，學術的觸角也伸展到多個前所未觸及的方向。劉再復海外時期的前段，大致是一九八九之後至二〇〇四、二〇〇五年之前，有三部著作刻下了他這時期很深的思想學術的烙印。這就是《罪與文學》、《雙典批判》和《告別革命》，分別代表他「文學研究」、「經典闡釋」和「人文探索」三個方向。

除了《魯迅與自然科學》是劉再復思想學術的初啼之外，他國內時期和海外時期的前段都有非常強烈的反思特徵，或者是理論原理的反思，或者是文化傳統和歷史教訓的反思。隨着《性格組合論》和《論文學的主體性》的寫作，劉再復對教條理論指揮下的中國當代文學的缺陷認識越來越清晰。造成這個局面不單是教條框框的問題，而且也是作家

的文化背景和認知結構問題。這萌發了他從懺悔意識的角度看當代文學的初想。他的《我的寫作史》談到這一點:「一九八六年我在『新時期文學十年』全國研討會上作主題報告時,就提出一個觀點:新時期文學的精神弱點乃是『批判有餘,懺悔不足』,即審判時代的作品很多,但缺少審判自我的作品。」[11]八十年代老作家巴金卻是個例外,他從再次拿起筆之後,以驚人的毅力和勇氣寫他的《真話集》,懺悔過往歲月錯失和傷害,與當時創作界的一般情形形成鮮明的反差。一九九〇年我訪學芝加哥大學與劉再復重逢的時候,我們多次談論到作家懺悔意識的缺失,尤其是放在世界文學的大範圍觀察,這個缺失尤為明顯。文學史上多種現象如只寫人生的表層,缺乏深刻的內心世界刻劃;作家容易服膺世俗之見,受政治潮流一時的風動,難得獨特的風格和個性,等等,都與此種缺失有關。於是

11　劉再復《我的寫作史》,第九四頁,香港三聯書店,二〇一七年版。

我們萌生了以懺悔意識為觀察點，反思古代文學特別是現當代文學史傳統的強烈衝動。十年之後，當初的想法終於結撰告成，《罪與文學》二〇〇〇年由香港牛津大學出版社出版問世。

關於這部我們沉潛精心寫成的著作，劉再復《五史自傳》有簡明扼要的總括。他說：「此書的寫作，我稱作『十年磨一劍』，即從一九九〇年開始思考、寫作到二〇〇〇年完成，整整十載。我之所以比較滿意，一是因為寫得很認真，學術性的確較強；二是因為我們藉助這一題目，實際上對中國文學與西方文學作了一次宏觀性的比較，發現中國自古到今的文學，只有『鄉村情懷』，缺少『靈魂呼告』。這與中國大文化裏『上帝缺席』的狀態相關。第三點是我們從懺悔意識（良知責任與靈魂維度）的視角對我國的現代文學和當代文學作了一次別開生面的總結。這不是一般化的總結，而是以世界文學為參照系的總結。第四，我們在此書中提出一些具有原創性的概念，例如『共犯結構』、『共同犯

罪』、『無罪之罪』、『超越視角』、『靈魂維度』等等。如果是在八十年代,這些概念與論述,一定會引起極大的爭論。儘管此書尚未得到充分的注意,但林崗和我都確信,二三十年後,《罪與文學》將會被廣泛關注和研究。」[12] 中國文學較多表現「鄉村情懷」,缺少「靈魂呼告」;中國作家缺失「懺悔意識」,難以刻劃出淵深磅礡的內心世界,歸根到底是中國文化思想傳統的問題。《罪與文學》對此現象的反思檢討,既是對中國文學的認知,又是對中國當代文壇和創作的根本性批評。當然我們也深知,「上帝缺席」並不是把一個「上帝」請來就能解決問題,我們也沒有這種意思。「靈魂維度」也同樣不是一蹴而就的,思想理念、價值觀的揚棄和更新要經歷漫長的交流和融合。幸好當代世界是一個中國和西方日益交流緊密的世界,我們期望中國當代文學能趁中西思想文化交匯融合的大潮流,

---

12　劉再復《我的寫作史》,第九八頁,香港三聯書店,二〇一七年版。

　　　　　　壹　劉再復思想學術述評

棄舊圖新，別開生面。

　　二〇〇九年劉再復出版了《雙典批判》，此書發軔於二〇〇二年他在香港城市大學的授課，課名即叫「雙典批判」。所謂「雙典」指《三國演義》和《水滸傳》。這是兩部流傳最為廣泛的古代小說，遠出其他名著之上。正是因為它們影響廣泛，劉再復才選擇對兩著進行文化批判。劉再復的治學存在明顯的文化反思和批判的思路，早在二十世紀八十年代他和我合寫《傳統與中國人》就是這種思路的表現。該著從五四新思潮批判國民性若干基本主題開始，沿波討流，追溯其文化傳統的思想根源，意在激發對文化的反思和檢討。其實八十年代「文化熱」存在兩種截然不同的文化立場：一種是弘揚傳統的，另一種是反思批判的。很多人沒有細別「文化熱」中這種不同的立場。弘揚傳統的取向後來一路壯大，發展成九十年代的「國學熱」，而反思批判的取向由於一九八九年政治氛圍的風雲變幻和後來中國經濟的高歌猛進，其聲音戛然而止了。然而

《雙典批判》的寫作表明，劉再復對反思批判的思想學術路向並沒有放棄，至少在海外時期的前段還是一如往昔的。

三國水滸膾炙人口更兼深入人心，要冒犯它們還是要有很大勇氣的。劉再復以一人之力與之抗衡，大有「雖千萬人吾往矣」的氣慨。他提出的基本論點是具有震撼性的，對「三國迷」和「水滸迷」無異於當頭棒喝：「五百年來，危害中國世道人心最大最廣泛的文學作品，就是這兩部經典。可怕的是，不僅過去，而且現在仍然在影響和破壞中國的人心。並化作中國人的潛意識。現在到處是『三國中人』和『水滸中人』，即到處是具有三國文化心理和水滸文化心理的人。可以說，這兩部小說，正是中國人的地獄之門。」**13** 他認為，中國讀者從這兩部小說走進去的是心靈的地獄，他對這兩部小說的思索就是在地獄門前的思索。他藉斯賓格勒《西

13　劉再復《雙典批判》，第五頁，北京三聯書店，二〇一〇年版。

方的沒落》「偽形文化」的概念，認為「雙典」所代表的正是中國的「偽形文化」。所謂「偽形」是指一種文化的價值觀念在歷史演變進化中沒有向好的、善的方向進化，反而日益墮落為與善相反的「偽形」。劉再復認為，中國文化的「偽形化」不是由於外部文化力量的融入滲透，而是由於「民族內部的滄桑苦難，尤其是戰爭的苦難和政治的變動」原因。這確實是一個對歷史有銳見的觀察。

　　劉再復之所以直指「雙典」的「偽形文化」是有感於古代和當代中國歷史的沉痛。「偽形文化」的核心是崇拜權力，崇拜暴力和崇拜權術，而中國歷史從古至今此種色彩愈演愈烈。從先秦諸子開始講「術」講「勢」，教導人主如何使用「詭道」，以四兩撥千斤。同時，更重要的是大一統局面開創了巨大無比的官場舞臺，供各式人主、人臣於其間長袖善舞。歷經兵燹人禍，朝代更迭，權力舞臺如走馬燈來來去去，你方唱罷我登場。其間的殘忍苛刻、陰謀詭計不計其數，這種反覆進行的逆向淘汰，終

於在元明之際結晶為它的「偽形」表述──敍述一場場勾心鬥角故事的文學文本，成就了一本中國人生的通俗教科書。任何一個有觀察能力的人，都不能否認小說《三國》與這種歷史和文化的聯繫，而這部小說之所以受到那麼多國人的追捧，亦只有從這種歷史和文化中才得到說明。至於當代史劉再復就更是過來人和見證人，他有沉痛的體驗。劉再復在《雙典批判》中提到通行於「文革」中的所謂「政治鬥爭三原則」：第一，「政治鬥爭無誠實可言」；第二，「結成死黨」；第三，「抹黑對手」。這個流行總結，比之《三國演義》更畫龍點睛，也更有「現代性」。但是這種「現代性」不是使一個國家的政治邁向文明和人道的現代性，而是邁向萬劫不復深淵的「現代性」，也就是中國歷史文化演變數千年而沉澱下來的「偽形」。這是綿延不斷的「惡的進化」，這是講究權謀術數的渣滓。

　　提到這個時期劉再復的思想學術，不能不講他和李澤厚兩人的對談集《告別革命》。可能是震於

「告別革命」四字的衝擊力，這本其實涉及中國當代文化廣泛領域的思想性著作受到了善意和不善意的誤解，被個別論者斥為「歷史虛無主義」，用作者自己的話，是「兩邊不討好」。但我要說這確實是一個誤解，論者將著者要告別的「革命」與現代史上聲勢浩大而導致新國家建立的社會運動意義上的「革命」簡單地等同起來，不辨別著者的用心而深文周納，以致使它成為「禁忌」。然而此著在香港已經發行了八版，至少說明它廣受讀者的接受。

劉再復人文探索的另一種重要著作是他與李澤厚的對談集《告別革命》。長遠地看，此著是當代中國思想的分水嶺，它說出了被革命教條長久壓抑的內心呼聲。雖然它揭出的問題要比達致的結論多，但僅憑這一點也值得後繼者繼續探索未竟的疑問。這本書一九九五年初版，可能是礙於國內氣氛，缺乏嚴肅認真的回應，但望文生義的粗疏討伐倒是有一些。筆者讀到過一些商榷文章，它們除了令人想起「文革」歲月的「大批判」以外，並無真知。

我認為，對談集中「告別革命」的思想有淺層和深層的區別。淺層指涉着當代中國政治路線的一般實踐，深層則指向中國歷史文化當中的影響深厚的問題。就前者來說，像眾所周知那樣中國當代史來到二十世紀六十年代，由於毛澤東的「三分錯誤」，更兼「四人幫」推波助瀾，將人為階級鬥爭發展為烏托邦想象的「繼續革命」理論。這一極左路線和做法在「文革」中為禍匪淺，給國家建設造成極大的災難。然而在那段時間裏，這才是革命的標配，「繼續革命」被置於正宗的革命牌位之上。除此以外，則被貼上了「修正主義」或者「投降主義」的標籤。這種情況隨着中國共產黨十一屆三中全會的召開和實事求是思想解放氛圍的形成逐漸改變，全會明確宣佈停止使用「以階級鬥爭為綱」的錯誤口號，並號召全黨工作重點「轉移到社會主義現代化建設上來」。雖然這只是國家路線的調整，但明眼人看得出來針對的正是「繼續革命」的極左路線。要是用有修辭色彩的辭語，也未嘗不可以說這就是

對「繼續革命」路線的告別。到了一九八一年中共中央《關於建國以來若干歷史問題的決議》，將這種披着革命外衣的「革命」逐出了革命的行列，判「文革」為「不是也不可能是任何意義上的革命」。在國家政治和思想路線的意義上，李澤厚、劉再復主張告別的「革命」顯然是括號裏的那種「革命」。有行之者在前，才有思想探討發生在後。《告別革命》在這一點上和實事求是、解放思想的大氛圍轉變是完全一致的。在這個涉及當代中國的大是大非問題上，兩位作者站在了順應歷史潮流的一邊，站在了真知和正確的一邊。如果「以階級鬥爭為綱」的「革命」不能告別，哪又如何解釋改革開放所取得的巨大建設成就？可以說，中國的改革開放正是由告別「以階級鬥爭為綱」的「革命」才邁出了決定意義的一步。李澤厚、劉再復一句「告別革命」，說出了人人心中所有而人人語中所無的心聲。

作為學者的探討當然含有比上述一切更深遠的思慮，它牽涉如何理解社會大規模變遷之際暴力使

用的邊界，牽涉支配暴力使用的價值觀念和思想方法。這個問題既關聯到中國悠久的歷史文化，也關聯到中國現代革命的精神遺產。更深一層，它也是歷史哲學和思想價值理念的問題。這一切很顯然難以在對談集梳理得清清楚楚。但我覺得，《告別革命》是一個好的開端，把一個看似一團亂麻般的大問題擺在了面前。一時說不清楚沒有關係，以後還可以接着探討。我非常欣賞李澤厚、劉再復這兩位當代中國思想巨人的實事求是和坦誠公開的態度。簡單地說，《告別革命》對革命是抱着歷史的、理智的、具體分析的態度，既非全盤肯定，也非全盤否定。他們意識到大規模暴力對社會的傷害和長久的後遺症，但是他們又沒有一刀切地否定作為精神力量的革命；他們指出了兩極對立思維的粗陋與簡單，但又肯定它們「在戰爭時期很寶貴，是取得革命勝利的重要因素」[14]。中國現當代史上，疾風驟

14　李澤厚、劉再復《告別革命》第九八頁，香港天地圖書，二〇一一年版。

雨式的革命成為了過去，人為的「以階級鬥爭為綱」的「革命」已被歷史所唾棄，正應該有好好的思想沉澱，反思這既是歷史又是現實的一頁。在這意義上《告別革命》的發表正是這當代思想歷程的可貴起點。它既帶來啟示，又帶來激情。

劉再復與李澤厚相識於「文革」後期，後來兩人同在落基山下成為近鄰。兩人面對當代中國有很多切磋交流，兩位傑出的學者相互激發，他們許多富有啟發性的議論都寫在了《告別革命》裏面。劉再復後來還寫有《李澤厚美學概論》，他高度評價了李澤厚對中國美學和美學原理的原創性貢獻。對於這位以原創而深刻首屈一指的當代中國的哲學家和美學家的美學思想的闡釋，劉再復全面和見解獨到至今都無人能及。

四　悟證紅樓與文學慧悟

　　海外時期的前段，劉再復的著述都有一個隱在
的對象，那就是太平洋西岸的中國。如《告別諸
神》、《共鑒五四》等，前者涉及的是神化魯迅的
現象，後者則針對「國學熱」而非難五四和「孔子
還鄉」的中國學界現象。然而情形慢慢起了變化，
這固然是居海外日久，易生山川阻隔，但也是他慢
慢地將中國放下了，適應了從更廣博的視野看事物
看學術的環境變化。這就是他說的「世界公民」
和「天眼」的意思。當他遠離以一國一鄉的習慣觀
察事物的時候，他獲得了驚人的思想學術的發現和
成就。他創造了自己的原生話題，他發現了更有普
遍性的真理，因此他海外時期後段的思想學術更有
個性。他這個時期思想學術的個性不是從有限對象

中升華起來的，而是從廣袤無際的普遍對象中升騰起來的。這種從根本上說是孤獨而空寂的思想學術創造是很難被時流所認識的，但我相信他這個時期的著述是經得起時間的磨礪和檢驗的。它們像涓涓細流，不會湧起大波大浪，但會隨風入夜，長久地滋潤人心和世界。他海外時期後段思想學術面貌的改變頗似「衰年變法」，這時的劉再復與二十世紀八十年代的劉再復確實大有不同了，他越來越純粹，越來越形而上學，甚至越來越唯心，然而他思想學術的鋒芒猶在，只是不一樣的鋒芒而已。這時期的著述有兩種非常值得細讀和關注，一是「紅樓四書」，一是《文學慧悟十八點》。前者是關於重釋《紅樓夢》的四種著作，以《紅樓夢悟》和《紅樓夢哲學筆記》最能代表其風格和特色，後者是他文學理論思考數十年的「晚年定案」。

　　劉再復傾注心力於古典名著《紅樓夢》當與一九八九年發生的人生大變故密切相關。二〇〇八年《紅樓夢悟》準備出版的時候，他在「小引」寫

道：「十幾年前一個薄霧籠罩的清晨，我離開北京。匆忙中抓住兩本最心愛的書籍放在挎包裏，一本是《紅樓夢》，一本是聶紺弩的《散宜生詩》。」[15]《紅樓夢哲學筆記》載「輯外輯：白雲天筆記」五十則，他自註「寫於漂流途中」。他自離開北京之後，用力最多而百讀不厭的書當屬《紅樓夢》，論熟悉的程度他比之前代任何紅學家並無愧色，雖然他從不自視為紅學家。因為他閱讀深思《紅樓夢》不是學術式的閱讀，而是生命的閱讀，是生命的自覺需求，它有生命的自覺而無學術的動機。從這個角度看，他海外時期思想學術前後段的分別只是模糊的區分，中間存在重疊的模糊地帶。他思想學術對自我生命體悟和對宇宙人生的大哉問源自甚早，只不過表現於著述是在新的世紀到來之後。

因為他生命需求的閱讀，他無意中獨自開闢了前代紅學無有的悟證紅樓的蹊徑，實現了言說紅樓

15　劉再復《紅樓夢悟》，第三頁，北京三聯書店，二〇〇九年版。

的方法論創新。劉再復詳細談到過他對方法論的思考和悟證紅樓的前後因緣：「在城市大學任教時，我每天都泡在圖書館裏，這期間我閱讀了上百種國內外的《紅樓夢》研究書籍，從那時起，我就意識到《紅樓夢》研究著作太多，可謂汗牛充棟，再增加一本評述書籍恐怕沒有什麼意義，倘若要贏得意義，那只能從方法論上先給予突破……以往的紅樓夢研究，其基本方法只有兩種，一是考證，二是論證，均屬實證。我認為，《紅樓夢》的內涵，既有『實在』（真事），也有『虛在』（夢幻與虛構）。《金瓶梅》不同於《紅樓夢》，也是經典性作品，但它只寫實在，即只用現實主義方法如實地書寫社會與人性。它不寫虛在，沒有《紅樓夢》似的夢幻仙境和形而上品格。《紅樓夢》中的『實在』部分可以考證、論證，但前人已下了一兩百年功夫，我沒有突破的能力。而對於『虛在』，我有許多領會。我覺得，對於這一部分，很難實證，只能悟證。即曹雪芹自己所說的，『唯心會而不可言傳，可神通而

不可語達。』（第四回）因此，我決定使用悟證方法（心會神通之法）寫作。」[16] 紅學的門派有多種，例如評點、索隱、考據、論說等，將它們的方法大別為考證與論證也無不可。劉再復別出心裁從悟解閱讀中發展出來的悟證方法，是專門就《紅樓夢》中涉及的大命題大解會而言的，其中雖有強烈的主觀色彩，但與前代紅學在小處望文猜測存在根本的不同。劉再復的紅學專就大處領會，專就根本處感悟，專就紅樓的哲學意蘊闡幽發微，成為曠古紅學曠古無人道及的第一等悟證。禪心歸處，一片澄明。主觀性並不是弱點，反而是劉再復的過人之處。這過人之處是上天所賜，是他從千艱萬難大苦大悲大起大落的歷練中得來，從歷盡滄桑漂流四海不改赤子初心得來。由此遍歷，他得與曹雪芹的色空之悟神通心會而成此第一等文字。從來的大文學、大哲

---

16 劉再復《我的寫作史》，第一六九——一七〇頁，香港三聯書店，二〇一七年版。

學都是要講心通神會的，劉再復悟證的方法剛好就是通達此等境界的不二法門。茲引《紅樓夢哲學筆記》第六十二則如下：

賈寶玉離家出走之前，自豪地對襲人說：「我有心了，還要那個玉做什麼？」賈寶玉經歷了滄桑顛簸，最後什麼都丟失或放下，卻贏得天地間最重要的東西，這就是「心」。

此「心」，不是人體內的那顆具有血液循環功能的心臟，不是物質機體的一部分。此心，是宇宙鍾靈毓秀凝聚成的生命質點，是慧根、善根等根性的總和。「為天地立心」，立的便是這種心。賈寶玉銜玉而降人間，讀者容易誤以為玉是天人之際的橋樑，其實，唯有此心此覺，才是天地中介，霄壤大橋。寶玉心覺之後，便成了可作逍遙遊的大鵬甚至是連大鵬相也沒有的無相至人了。此心遊於物之初，遊於太極之初，其「至樂」只有他自己能感受。寶玉如果活在二十世紀，可能要對人類說：你們忘了「心」，所以天地萬物要成為機器的原

料了。[17]

　　遠在國內時期劉再復治學就形成了融通思想與學術的特點，到了海外更錘煉得爐火純青。既有哲學的沉思、思想的領會和人生的體驗，又有在文本上下功夫的學理思致，然後以行雲流水的美文將之表達出來。他的所寫，叫做思想可以，叫做學術可以，叫做文學也可以。「紅樓四書」是劉再復將思、識、詩會通融合的上乘紅學文字。

　　劉再復的思想學術佔據最大分量的是他關於文學理論的思考，時間長度跨越半個世紀，用力最多，具有廣泛的學術影響。與國內時期風靡一時不同，近年出版的《文學常識二十二講》（下稱《文學常識》）和《文學慧悟十八點》（下稱《文學慧悟》）可能沒有像《性格組合論》和《論文學的主體性》那麼風行，但是論到見地的純粹、思考的精深，達

―――――――――――――――――――

17　劉再復《紅樓夢哲學筆記》，第三九頁，北京三聯書店，二〇〇九年版。

到了爐火純青的程度。尤其是《文學慧悟》他將之前，也包括《文學常識》的文學理論思考重要之點簡明化、綜合化，再加上近些年的文學慧悟，用直指人心的方法作明心見性之談。他國內時期的理論，多循演繹的方法，根據對人性或哲學的一般原理推衍到文學領域進行論證。這種方法有成體系的長處，但也存在一般原理不周延導致推論不能周密的短處；有邏輯力量的同時，也不得不縫罅補漏。二〇一三年和二〇一六年，劉再復應邀到香港科技大學講學，他趁講授的機緣，將自己的文學觀系統整理一番，前者集成為《文學常識》，後者集成為《文學慧悟》。《文學常識》尚有文學概論的一絲遺痕，《文學慧悟》就完全洗盡鉛華，無障無礙，以真面目示人。這是一個對文學充滿激情和熱愛的人數十年思考的結晶，我將它看作是劉再復文學觀的「晚年定案」。

　　《文學慧悟》裏的十八點，既是十八要點的意思，也是點到為止的點的意思。它們需要讀者慧心

感悟，著者鋪陳講述不多，但觀點明斷清晰，了悟
徹底。如劉再復認為文學開始於「有感而發」，有
感則有文學，無感則無文學。這是文學的「起點」。
文學一定要起始於個體性、心靈性的感受和感悟，
才是真文學。劉再復的看法回應了中國古代美學裏
的「物感說」，與之一脈相承。由此他認為，「文
學作為一種心靈的事業，它實際上是自由心靈的一
種審美存在形式。」**18** 感受和感悟因為是個體的、
心靈的，它就不能遵命和奉命，一遵命奉命，就離
開真感而成為偽感。所有遵命而作和奉命而作，是
追求「有用而發」、「有利而發」，歸根究底是「有
求而發」，文學應當「有感而發」。劉再復的這個
講法，語言變了，論證的落腳點變了，然而對文學
的基本認知自八十年代以來一直沒有改變，只不過
八十年代的說法有更強的現實針對性和目的性，如
今離棄了多餘的面目，唯求真相。劉再復的文學觀

18　劉再復《文學常識二十二講》，第三頁，東方出版社，二〇一六年版。

壹　劉再復思想學術述評

念告別了古代和過去一個多世紀流行於中國的要文學承擔各種使命的說法，如曹丕「經國之大業，不朽之盛事」、梁啟超沒有新小說就沒有新國家，甚至魯迅以雜文為「投槍和匕首」等等。他當然也不認同文學為政治服務，或政治為文學服務的觀念。劉再復對文學的感悟親切而到位，如他在「文學的特點」中比較文學與哲學、宗教和歷史，認為文學代表廣度，歷史代表深度，哲學代表高度。他說，「文學情懷與宗教情懷相近，都是大慈悲、大悲憫，對敵人也有同情和悲憫。文學不能簡單設置審判好人、壞人的道德法庭。」[19] 他又說，「直到今天，還有很多人以為作家應該當『包公』，寫作就是判斷是非黑白，除惡揚善。可是文學並非這麼簡單，好作家應該既悲憫秦香蓮，也悲憫陳世美，應當寫出陳世美內心深處的掙扎、靈魂的掙扎。唯有寫出陳世美的生存困境、人性困境、心靈困境才能呈現

19　劉再復《文學慧悟十八點》，第二六頁，北京商務印書館，二〇一八年版。

文學性。」**20** 劉再復的這些話，已經沒有「戰鬥性」了，但我相信它們依然是思進取的中國作家的苦口良藥。

劉再復的文學觀念建立在人性論的基礎之上，並以人性論為中心構築。他在「文學的基點」一講中說：「文學的基點即立足點是什麼？如果用一個詞概說，那就是『人性』。一是見證人性的真實；二是見證人類生存處境的真實。」**21** 因為文學對人性的真實境況只能見證，改造不了。人性千古不易，生活是一個過程，無始無終，文學能夠做到的是原樣呈現，不偏不倚地作見證。至於怎樣才能見證人性的真實，寫出好的文學，劉再復將之概括成文學三要素：「我認為，文學由三個要素組成，一是心靈，二是想象力，三是審美形式。心靈是前提，是基石。

20　劉再復《文學慧悟十八點》，第二九—三〇頁，北京商務印書館，二〇一八年版。

21　劉再復《文學慧悟十八點》，第六六頁，北京商務印書館，二〇一八年版。

我理解的人性也就是心靈。動物無心，人與動物的區別就在於心靈。不過，在寫作中，我講述人性這一概念時包含着更多的『欲望』，而講心靈時則涵蓋更多的『精神』。我認定，未能切入心靈的作品，絕不是一流的好作品。」[22]《文學常識》和《文學慧悟》兩者都有對三要素的很好發揮，尤其是《文學慧悟》關於「文學的戒點」、「文學的盲點」、「文學的衰亡點」、「文學的交合點」等，充滿了對文學的智慧感悟。它是文學思想的寶庫，人或以為不能實用，但會心者必從中得到極大的啟發和思考的養分。

22　劉再復《我的寫作史》，第二〇〇—二〇一頁、香港三聯書店，二〇一七年版。

五　結語：「聖賢發憤」

　　古代中國存在漫長而綿綿不絕的人文創造傳統，太史公司馬遷將之取名為「聖賢發憤」。文化的創造者皆因「意有所鬱結，不得通其道」而發憤創造，「述往事，思來者」。他在《太史公自序》裏提到文王、孔子、屈原、左丘明等。若是仿照司馬遷的筆法接龍，這一長串的名單幾將彪炳史冊的華夏文化創造大家一網打盡。文學史上不朽的大文學家屈原之外，陶、李、杜、蘇、曹，莫不如此；緊步其後的詩人如韓、柳、元、白、辛、陸、關，亦復如是。一部中國古代文學史簡直就是流放者、貶謫者、失意者書寫的歷史。原本以為現代中國會結束這個傳統，但是看劉再復的人生、思想和學術，其實並沒有，至少他的海外時期可以作如是觀。劉

再復是「聖賢發憤」這一中國人文創造傳統的現代傳人。我曾經在一篇短文中說劉再復是文學的守護人。這一說法遠未窮盡所有，劉再復數十年來，感悟文學、思考文學、捍衛文學、辨析文學又娓娓道文學，他對文學的熱愛、忠誠和激情是罕見的，他的人生是文學的人生。他成就了文學，文學也滋潤了他。劉再復和文學，文學和劉再復，已經難分彼此，乃至融合為一體。他的著述是一筆文學的寶貴財富。

貳

劉再復印象散記

一　守護文學

　　屈指算來我與再復相識也已經有三十四五年了。還是二十世紀八十年代初，那時他在學部即後來的社科院工作已有將近二十個年頭，我則是大學畢業分配到文學所的新丁。他從院部《新建設》回文學所落在魯迅研究室，我在近代室，正好斜對面。我寫了篇魯迅的論文刊在《魯迅研究》。他看到了，我們碰面的時候他誇我寫得不錯。那是我的初作，受到誇獎當然很高興。後來他又相約有空可以到他在勁松小區的家聊天。一來二往，我們就相熟了。他是我學問的前輩、師長，也是我完全信任、任情交流的好朋友。那時我們非常喜歡到他家談天說地，切磋學問。他的母親我叫奶奶，勤勞又慈祥，炒得一手極美味的福建年糕招待我們，每有聊天暢

論古今東西的時候，都使我這樣的晚輩後生得到精神和物質的雙豐收。對我來說，這當然極其難得的再學習、再摸索的機緣，獲益良多。他後來當了文學所所長，我也從來沒有叫過他「劉所長」，估計叫出來他也覺得怪異，人前背後都是叫再復。他待我們這些晚輩，平易親切，毫無官樣子。就這樣，我們一起切磋，一起寫書，走過了有點兒激動人心的八十年代。

我從這段亦師亦友的情誼中收穫最大的就是為他對文學真摯的喜愛所感染，再復是我見過的視文學為生命最為真誠的人。他對文學的熱情和喜愛彷彿與生俱來，文學是他的血液，文學是他的生命。二十世紀八九十年代中國社會劇烈變遷，改革開放帶來很多從未有過的機會，我也萌生過「出走」的念頭，可是每一次見他，跟他交談，都為他對文學孜孜不倦的熱情所感動，甚至在被突如其來的命運衝擊得有點兒「喪魂失魄」的八九十年代之交，也是如此。我還記得他平淡的話：文學很清苦，但長

久一點吧。我本來對文學的認知就很淺，也不是自願選擇讀文學系的。要論對文學的忠誠度，與再復相比，那真不知相差到哪兒去了。要不是從他對文學火一樣的熱情得到堅持的力量，我今天大概會在不知道的什麼地方「弄潮」吧，或者大富大貴，或者身陷囹圄，總之不會有平靜思考的安寧和幸運。每想到這一點，我就對人生大起大落但不屈不撓的再復心生感激，人生的良師益友就是這個意思吧。

　　往大一點說，「文革」結束撥亂反正的歲月，中國當代文壇有劉再復一馬當先探索理論批評的新出路，也是中國當代文學的幸運。在我看來，文學由於它的性質和在社會的位置，它是很容易迷失的。有點像格林童話那個千叮囑萬叮囑還是行差踏錯的小紅帽，難免受外在的誘惑而迷失在本來的路上。她的美和光彩讓她天真爛漫，不識路途的艱難，不識世道的兇險，同時也令居心叵測的大灰狼垂涎三尺。小紅帽的天真天然地是需要守護的，文學也是如此。我們在歷史上看到，有時候是有意，有時

候是無意；或者願望良好，又或者別有用心，各種社會力量都來插上一桿子，利用文學。於是文學的領域，一面是作家創作，一面也是批評。好的批評就是守護文學。批評雖然也做不到盡善盡美，但至少讓作家和讀者知曉文學本來的路在哪裏。倫勃朗畫過一幅傳世的名作《夜巡》，那位站在畫面中間的隊長神情警醒，目光堅毅，透出了守衛新興城市的民兵們盡職盡責的神彩。劉再復在我的心目中就是這樣一位為了文學勇敢而孜孜不倦的守護人。

他所做的事業濃縮成一句話就是守護文學。他看到文學在他生活時代有這樣那樣的迷失、偏差，他覺得自己有義務有責任說出真相，說出值得追求的文學理想是什麼。他的話有人聽的時候，發生巨大的社會影響，對當代文壇起了好的作用。有人聽的時候他固然站出來了，即有磨難也不在乎，但我想他不是為了那些社會影響而說的，他是出自對真知的領悟。後來眾所周知，他到了海外，他的話少人聽了，社會影響似若有若無之間。這時候他也沒

有遁跡山林，從此沉默。這不是他的性格。他不在乎身在何處，不在乎似有若無，照說不誤。他針對文壇說的話前後有所不同，但那不是他的文學立場和文學理想的改變，而是社會的情形改變，是文學從政治的迷失走到市場的迷失，他守夜人的角色始終如一。文學熱鬧的時候他守護文學，文學冷清的時候他也守護文學，他是中國文壇過去數十年來最為重要而又最為本色的文學的守護人。

二 突破教條，革新文學觀念

　　晚清以降，中國多災多難，較早時期的改良救亡都無起色，於是文學從古代閒雅的角色逐漸走到社會變革的前臺。從晚清至民國的早期，諸般武藝都用盡了也未能起國家民族於危難之境，先覺者要文學出來為民族的兩肋插刀，這也未可厚非。人畢竟是先要生存才有發展。然而這個形成於嚴峻環境的文學傳統卻日漸隨着現代革命的進展凝固下來，變得僵硬起來。左聯晚期到抗戰，由批評家胡風與諸般人的爭論就顯露端倪。建國後革命這架龐大的國家機器就更是按照自己的意志軌道運轉，它馱着文學，文學在它的背上也動彈不得。六十年代氣氛還比較寬鬆的時候，也有些批評家想鬆一鬆綁，喘一口氣。比如提出「廣闊道路論」、「寫中間人物

論」、「文學是人學」等，其實這些都只是期望小鬆小綁，在厚厚的泥土覆蓋下透個小孔吸口氣而已，可是後來的事實證明，這也是不可企及的奢望。

劉再復接受教育成長的文學氣氛，一面是創作的束縛和禁錮，另一面也是視野廣闊，可以飽讀古今中外的優秀文學。後者給他提供日後思想的源泉和養分，前者很自然成了他日夜思索，力圖突破的問題。在嚴重變質鈣化的文學傳統變本加厲進行各種「大批判」的「文革」時期，他恰在風暴漩渦的中心中國社科院。我曾經很多次聽他講「文革」中匪夷所思的耳聞目睹，有些傷慘而不那麼血腥的細節已經寫在他的散文和師友回憶紀事裏了，但還有一些血淋淋的真事他沒有寫，我在這裏也難以記述。我覺得，能從過去的血淚和教訓中汲取，是他對文學的思索邁前一步邁深一步邁早一步的關鍵。「文革」的荒謬，是非顛倒，看似與文學的思索沒有直接的關聯，但兩者隱祕而深刻的關係被他看到了。這也揭示多少是共通的現象，人都是從個人經

驗通往更大的世界，然後又從更大的世界返回到內心的世界的。所以，在破除兩個凡是思想解放的大背景下，劉再復會比文壇當時普遍存在的「撥亂反正」走得更遠。他不但「撥亂」，還問反什麼「正」？教條主義的極左固然不是「正」，可登場之前早在現代革命中已經開始凝固的那一套是不是就是「正」，難道反正就是要反到那裏？其實很多不滿「文革」極左路線的批評家對這些是沒有根本性思考的。劉再復與此不同，他不但厭棄「文革」的荒謬，更痛心沉思了「文革」禍害的久遠淵源以及它所加給文學造成災難的前因後果。這是再復的優勝處，也是再復八十年代中期受到批評和磨難的導火線。但事實證明劉再復為新時期文學提出新的文學理想是站得住腳的。

在追求文學「有用」的背景下最終形成的文學觀念可以概括為「反映論」和「典型論」。細分來看，未嘗沒有幾分道理，但在作家都被組織起來而又在一錘定音的意識形態氛圍底下，這些文學觀念

就只能是批評家手裏的一根一根棍子，隨着政治風向轉移，打在作家或作品上，那真是滿目瘡痍。劉再復參與到文學界的思想解放和新探索，他的針對性很強，先是寫出了《性格組合論》，主張人物性格不能等同於階級屬性。人性是一個複合體，內涵深廣而又經得住時間考驗的文學形象，一定是那些寫出了人性的複雜多面性的形象。他的新觀念拓寬了作家的視野，提升了文學的品味。後來他更進一步，發表了《論文學的主體性》，希望實現文學觀念的根本革新。他把作家的現實政治主體和作家寫作中的文學主體分開，認為兩者不能等同，本來也不一致。作家雖有政治觀念，但寫作中依然可以超越其政治觀念。他說，「作家超越了現實主體（世俗角色）而進入藝術主體（本真角色），才具有文學主體性。」而古今中外偉大的作家其實無不如此。「主體論」的用意，無非就是政治少干預而作家多獨立，還創作的本來面目。很明顯它是「補天」

的。再復那時也認為自己屬於「補天派」。補天難免要換掉那些粉化了的霉石，把漏洞堵上。可他的好意陰差陽錯卻被誤成「拆天」，受到干擾和批判，甚至有人為此要起訴他。真偽不辨的世道，人真是很容易蒙冤的。

三　落基山下的孤獨思索

　　自從他漂流到海外，頭銜沒有了，身上的光環沒有了，幾經輾轉，他定居在寂靜的落基山下。巨大的人生落差並沒有消磨掉他對文學的喜愛，他還在思考和寫作。曾經參與現實那麼深，一旦去國遠行，似乎像一顆種子離開了土壤，還會不會長呢？許多認識他的朋友都曾有這樣的關切。可是再復就是再復，他不這樣認為。種子固然離不開土壤，可這並不等於人離不開故鄉和國土。文學本來就是跨越國界的，對創作和批評來說，至關重要的土壤不是具體的故鄉故國，而是語言。語言也是一個國度，一個形而上的國度。此後的再復就是背着「語言的祖國」繼續寫作，繼續守護文學。像布羅茨基說的，背着語言的祖國，浪跡天涯。

遠行異國飄流四方是滅頂之災還是另一種幸運，這要看是什麼人。對意志剛強的劉再復來說，沒有什麼打擊能夠讓他消沉，相反異國的生活經驗給他打開了另一扇認識西方文明、認識文學的窗口。勤奮的再復把他的所感所悟、所思所想都寫在他的一系列著作裏，去國近三十年寫下的著作已遠多於國內時期。讀者容易見到的簡體中文版有三聯書店版《紅樓四書》、《劉再復散文精編》十卷、《李澤厚美學概論》和《雙典批判》等。他的文學創作和批評視野比先前更為闊大，更為深入。

　　自二十世紀九十年代初起，中國步入了市場經濟的快車道，千呼萬喚的財富白花花的銀子，終於在這曾經貧瘠的土地像泉湧般冒了出來。文學是不是從此就雲散風清了呢？從市場獲得了自由是不是也意味着獲得心靈的自由？不見得。如果此前的當代文學迷失在意識形態的荊棘叢陣裏，那九十年代之後的文學就是迷失在市場的誘惑裏。儘管是在大洋彼岸，守護文學的再復不可能不發出自己的聲

音。與八十年代的再復相比，這時候他更強調文學心靈的重要性。文學心靈是擺脫了所有世俗束縛之後的自由心靈。最近我還讀到他兩年前出版的新書《文學常識二十二講》。這是他皈依文學超過半個世紀感悟文學思考文學的成果，它簡約而全面，由他給香港科大學生講課的錄音整理而成。他把文學看成是「心靈、想象力和審美形式」三者的集合。心靈在文學三個基本要素中佔據首要的位置。我覺得，再復的感悟是從中國當代文學前半段迷失於政治意識形態、後半段迷失於市場誘惑的兩面教訓中升華出來的，它真正實現了對文學本然的回歸。因為世俗的束縛無處不在無時不在，與外在的枷鎖相比，心靈的枷鎖更關鍵。作家不能掙脫心靈的枷鎖，亦無從擺脫世俗的枷鎖，而文學的生命也就窒息了。再復點中了產生於巨變時代的中國當代文學的穴位。

可以說文學心靈的自由是劉再復文學理念的核心。它既針對政治掛帥年代的偏差，也針對利益掛

帥年代的偏差。再復將八十年代對文學主體的論述推進到新世紀對文學狀態的論述。這些年他談論文學，常用文學狀態一詞。他說：「文學狀態，也可以說是作家的存在狀態。從反面說，便是非功利、非市場、非集團的狀態。從正面說，是作家的獨立狀態、孤獨狀態、無目的甚至是無所求狀態。」在消費至上的商品時代，文學做不了政治掛帥年代的要角了，但裝點門面附庸風雅還是可以的。文學被利用起來，投東家所好，獲一點兒資本的殘羹，於是文學淪為了商品。再復非常清醒地意識到無論西方還是東方這種文學的迷失，他甚至呼籲作家重返「象牙之塔」。這個救亡年代的貶詞被再復賦予了新的含義。他的「象牙之塔」就是文學心靈、文學狀態。重返「象牙之塔」意味着「清貧」與「寂寞」，有誰會聽呢？至少他自己是說到做到，身體力行了，所以他看到了別人沒有看到的文學真知的光輝。

除了研討探索文學，海外時期再復另一個關注

的重心是中外文化的比較觀察，尤其是中美文化的比較觀察。人在海外，不時行走，心中懷想着遙遠的故鄉故國，腳踏着的則是異國神奇的土地，這讓好奇深思的再復很難不比較一番，觀察分析，形成自己的心得。他的中外文化比較，多寫在散文集《世界遊思》裏，也寫在他的講演集裏。他給香港科大學生作的「關於人生倫理的十堂課」，結集出版成書取名《什麼是人生》，其中就有不少中外比較倫理的悟解。劉再復的比較文化觀察與旅行家的遊記不同，他是從遊的風景、人物、事件引出自己的思索、領悟，重點不在所遊，而在所思。他的所思，又常因他的學養、閱歷而顯得與眾不同。

再復有篇散文《西部牛仔》，寫得極好，非常能體現他對美國社會入微的觀察。美國中西部流行牛仔表演（stockshow），再復也與民同樂，一睹盛況。再復將牛仔表演看成是美國社會對西部拓荒時代的英雄主義的追憶。他從坐在他身邊的美國老太太感悟到牛仔精神在普通民眾中的力量。美國老

太太告訴他每年都來看一次牛仔表演，至今看了五十七次。再復感歎，「從她身上，我看到美國不僅不願意放掉牛仔英雄的記憶，而且也不會放掉他們所擁有的這子身獨立獨行的精神。」再復還引用意大利記者採訪基辛格何以獲得政治上成功的答語——「單槍匹馬地行事」，來畫龍點睛地揭示牛仔精神的本來面目。美國的拓荒時代早已結束，但它遺落下的文化遺產，各個階層的美國人，正以自己的方式繼承着這筆遺產，它成為美國社會繁榮的基石。由小見大，以滴水而觀滄海，這種筆法正是再復文化的比較觀察的一貫風格。

四　人文創造傳統的現代傳人

　　近日喜聞《劉再復著作典藏》即將出版，這是他著作的結集，有四十四卷之多。他的文學創作和學術著述，因為時空環境與人生都截然不同了，去國前後是一條清楚的分界線。學界有兩個時期的說法，他自己的話是「兩度人生」。我算了一下他的「兩度人生」的創作和著述，去國之前編為七卷，去國之後三十六卷。光以卷數計，他的寫作量去國後是去國前的六倍有餘。我未能全部通讀過他的著作，但無論文學創作還是學術著述，無論去國前還是去國後，大部分是讀過的。比之前期的激情澎湃，他的散文創作進入了以冷靜觀察和反思見長的新境界，而學術著述的社會作用和反響固然不若二十世紀的八十年代，但它們的長久價值和學術深度，我

覺得要遠超過國內時期。尤其是他積數十年人生閱歷、體驗和感悟而傾心撰著的《紅樓四書》，開了超過一個世紀的紅學研究的新一脈，足成為與考據紅學、義理紅學而三足鼎立的紅學又一高峰——慧悟紅學。它是將詩與哲學無間融合會通的紅學。再復海外時期的學術創造既是個人的成就，也是悠久的華夏人文傳統的現代延續。

劉再復前後兩個時期不同的成就，尤其是第二度人生的成就，或會引起一個假設性的問題：如果他不去國，他還會有這樣的成就嗎？回顧二十世紀以來的歷史，假設性的問題時或發生。最為人熟知的假設大概就是魯迅如果活到五十年代會怎樣。已經過去的事情是無法通過假設而出現的，之所以假設常常只是為了更好地進入和悟解歷史。對於上述假設來說，答案是不言而喻的。因為劉再復八十年代「登高一呼」，當社會氣氛改變之後必轉變成「樹大招風」。疾厲的橫風吹來，大樹無從招架，擬議中的寫作未必能進行下去，學術的生命將面臨不測

的枯毀。五十年代以來，有無數醉心寫作創造的前輩所遭遇所經歷可以作為旁證，不必在此列數。以再復的事例觀察華夏人文傳統的延續，我們可以領悟到顯露出來的意味深長：中國文化的創造以及人文傳統的延續，常常是因為創造者因某種機緣「不在場」而實現的，它不是在一個常態的自由氛圍裏達成的。所謂「不在場」是指因為人生的各種挫敗，舉凡流放、貶謫、刑餘、追殺、衰病、失意、歸隱都引發了「不在場」的結果，由此而疏離了常態的社會環境，落入了不得已的與常態環境隔絕的狀態。對常態的社會環境來說，這些文化創造者即處於「不在場」的狀態。然而正是因此不得已的「不在場」狀態，他們從中收穫了心智的自由。換言之，文化創造性命攸關的前提——心智自由，不是因常態的社會環境提供的，而是「不在場」狀態下不期然而然的結果。或許這就是人生的因禍得福吧。不過比人生的福禍更重要的是，這事實昭示了歷史上中國文化創造以及人文傳統延續的隱祕所在。千百

年來中國文化史上的事實幾乎無不如此，再復的故事只不過在現代條件下又重複了過去的故事而已。

司馬遷《太史公自序》最早揭出這個中國文明的文化創造的隱祕：「昔西伯拘羑里，演《周易》；孔子戹陳蔡，作《春秋》；屈原放逐，著《離騷》；左丘失明，厥有《國語》；孫子臏腳，而論兵法；不韋遷蜀，世傳《呂覽》；韓非囚秦，《說難》、《孤憤》；《詩》三百篇，大抵聖賢發憤之所為作也。此人皆意有所鬱結，不得通其道也，故述往事，思來者。」如果有人仿司馬遷的筆法接龍，這一長串的名單從古至今，幾將彪炳史冊的華夏文化的創造大家一網打盡，很少例外。文學史上不朽的大文學家如屈、陶、李、杜、蘇、曹，莫不如此；緊步其後的詩人如韓、柳、元、白、辛、陸、關，亦復如是。一部中國古代文學史簡直就是流放者、貶謫者、失意者書寫的歷史。西方或有相似的例子，但肯定不若中國這樣簡直可以視為通例。至少荷馬不是，維吉爾也不是；莎士比亞不是，歌德也不是；狄更

斯不是，雨果也不是；托爾斯泰不是，陀思妥耶夫斯基也不是。最接近的詩人是但丁，他不放逐，大概是不會寫《神曲》的。歐洲傳統的哲學，更是從蘇格拉底、柏拉圖開始，就是養尊處優者的純粹思考，他們從來就是社會裏思想創造領域的在場者。與此相對，中國的傳統，文學固如上述，即史學與哲學思想，亦與文學相去不遠。千載以下，若捧讀中國史學的開山祖師司馬遷《報任安書》，尤使人長歎太息；六祖惠能《壇經》思想的形成及其傳播，就跟他承接衣缽之後被一路追殺而竄伏嶺南的經歷脫不了干係；王陽明「致良知」的大學問，得自貶謫龍場，在置身與夷蠻雜處的草莽中所悟得。中國古代的仁人志士也許就是有鑒於此，從孟子開始的傳統教誨就讓有心成大事者自小「苦其心志，勞其筋骨，餓其體膚，空乏其身」，以便讓卒不及防的人生打擊來臨的時候，早做準備，不至於大難臨頭，身且不保，遑論思考與創作。

　　因「不在場」而實現文化創造的中國人文傳統固然有「聖賢發憤」的頑強不屈精神，值得後人保

有發揚。然而用現代社會的眼光看，其缺陷是顯而易見的。一個現代社會是不能將它的文化精神的創造寄望在「聖賢發憤」的基礎之上的。「聖賢發憤」只是一個不期然而然的結果。與其教誨傳承頑強不屈的精神來寄望有朝一日聖賢的發憤，不如建設一個能保護心智自由的環境更能推動現代文化學術的進步與繁榮。在建設一個保護心智自由的文化環境方面，中國社會已經走過很長的路，但還有很長的路要走。正如劉再復最近接受採訪時談到他所理解的「中國夢」那樣，他說近代以來，中國人有兩個「中國夢」，一個是強國夢，一個是自由夢。強國夢與自由夢合在一起，才是完美的中國夢。他說得極好，我非常贊同。國家在變得強大的同時，人民也能享有更充分的自由，才是中國夢想的真正實現。司馬遷所說歷代聖賢所思的「來者」，其實就蘊含我們今天所說的自由夢。歷代聖賢在不自由不在場的環境下萌生的嚮往和追求自由的夢想，正照耀了後來者通往未來的道路。

叁

劉再復海外散文的滄桑感與深情美

從一九九〇年到二〇〇九年，將近二十年的時間，劉再復的寫作包括他的散文創作和文學評論在內的文字，幾乎都離開了簡體中文的閱讀圈子，而這二十年正是他原創寫作又一次爆發的高峰期。他寫作了大量散文，可惜只刊於海外繁體中文的報刊。即使結集出版，內地也不易見到。關心他的讀者，愛讀他的文字的讀者，只好利用偶爾的便利輾轉獲得他的散文。有一位不認識劉再復但愛讀他散文的學界前輩曾跟我說過他尋找劉再復散文的故事。他利用到日本東京訪學的機會，在圖書館裏，見一篇劉再復的散文就複印一篇，複印了厚厚的一疊。他跟我說，劉再復是「中國的文豪」。也是在這段封禁的時間內，劉再復的散文在海外華人社會，特別是港澳和東南亞地區獲得巨大的聲譽和影響。他的散文有被海外華僑學校選為課文，有參與徵文比賽的學生選為徵文的題材。他的「父女兩地書」——《共悟人間》被香港政府康文署評為二〇〇二年十本好書之一。劉再復的散文不但廣受讀者歡迎，而且源源不斷，若萬斗源泉奪地而出。

他將這二十年的散文編為十卷，取名「漂流手記」。大約是從二〇〇九年起，國內出版社和報刊，又能夠發表他的文章和出版他的學術著作。從一篇兩篇、從一本兩本開始，然後更多，阻攔的堤壩就這樣被沖開了。今由白燁編次、三聯書店出版十卷本《劉再復散文集精編》問世，向讀者全面展示了劉再復跨越三十多年的散文創作的成就。就這樣，一位在文學和思想的大地不知疲倦的前行者、探索者在簡體中文的世界迎來了平靜的回歸。這套精編兼有劉再復八十年代的創作，但主要選自海外時期的作品。對簡體中文讀者而言，這是一個最完整的本子呈現了劉再復在散文園地持之以恆的辛勤耕耘，畫出了他的思想、人格和精神追求在社會歷史和人生轉折的危急關頭的蛻變、升華、重獲新生的清晰軌跡，也表現了他散文藝術不懈的探索精神和自我超越的勇氣。劉再復散文剛在國內讀者圈子重見天日的時候，我寫過評論的文字。今次再讀精編本，常讀常新，又有一些心得，寫來與讀者分享。

一　跌宕人生開啟的追問

　　像人們熟知的那樣，五十年代開國建政直至
「文革」結束，以《聯共（布）黨史簡明教程》為
代表的世界觀逐漸統一了之前思想和價值觀相對多
元的局面。尤其是正值「長在紅旗下」接受中學乃
至大學教育的那一代人，更是接受了它的全部教
誨。這一代人不可能被之外的思想和價值觀「移了
性情」。除了極少數先知先覺者還能保持思想和探
索的自由和勇氣之外，對於那一代人的多數，不是
有沒有思想自由的問題，而是不知道思想還有自由
與否的問題。就是那一片藍天，就是那一片大漠，
哪裏還知道存在「天外天」？一句話，他們被遮蔽
在「唯一所知之幕」裏面，如同一團混沌。顯然，
劉再復不是那一代人中的先知先覺者，他不是一個

先知式的人物。「大批判」年代他所寫的批判文章，所寫的散文，除了能夠看出他是「又紅又專」的裏面特別優異而更勝一籌以外，除此之外沒有什麼兩樣。如果要從裏面尋找像他日後文章的那種思想鋒芒，一定是失望的。就那一代人「文革」結束之後的自由思考和探索而言，思想的起點是相同的，或者說是接近的，大家都在同一起跑線上。

我的問題是為什麼劉再復能夠走得特別遠？是什麼因緣使他在那個年代不是被動啟蒙而是先人一步而自我啟蒙？例如，他的創新文學理論如「性格組合論」、「文學主體論」以及大量的批評實踐，走在了當時文學理論和批評的最前沿，領唱了文壇思想解放的多聲部大合唱。不假思索的回答可能是，他因近水樓臺先得月。當「文革」結束，思想解放的要緊關頭，他在接近中樞的學部即後稱社科院，有得天獨厚的天時地利。可是當年得天時地利的人也有很多，大部分人包括我自己，只是跟着時代社會前行而已，但他卻有破有立，既破除理論的

舊框框，又創出了更為時代社會歡迎的新思想、新觀念。在某種程度上，他和同一時期的先知先覺者一道，塑造了現在被稱為八十年代的那個時代。他不但是得風氣之先，更是創造了風氣。他是那個時代思想氛圍和理論創新風貌的塑造者。更有甚者，一九八九年經歷無人預料的社會轉折和人生危機，他去國遠遊，不但沒有沉默失聲，反倒如重生一般再次爆發，思想的探索走得更遠，文學的創作更開一片新天地。權力沒有使他屈服，艱難困苦沒有能磨滅他的頑強意志和創造熱情。特別是在處於他的「第二人生」時期，社會和時代怎麼看都像遺棄了他，可是他卻像薛憶溈《遺棄》的題詞所說——「世界遺棄了我，我卻試圖遺棄世界」。正是這一「遺棄」，使他獲得了新生。對這個問題的回答，我大體傾向於唯心主義的解釋。我覺得這和人的天性、稟賦、德性有關，時代和社會氛圍的作用反倒要退到次要的位置。幸運的是，在讀過他的散文精編之後，我這個模糊的印象得到了印證。散文最為直觀

和鮮明地呈現作者的情性、品味和人格境界，劉再復的散文也不例外。他的天性、人格和品味時常流露在他的散文中，通過閱讀可以得到他數十年心路歷程的解答。

劉再復將自己去國前後的兩段人生看成「第一人生」和「第二人生」。他經歷了一九八九年從高峰跌倒谷底的變遷，從瀕死的危亡關頭清醒過來重新思考人生的道路。「第二人生」的比喻恰如其分。那些日常生活的細微之處不必說，如在異國學開車、學認路、學語言、學剪草等當然是題中應有。更體現思考和寫作前後變化的是，他放下了身處國內時期理論的「前沿」，不再立於群山之巔引人注目，不再做批評理論大廈的建築師。如尚未完成的文學主體性理論，他放下了；他的散文寫作洗盡鉛華，明心見性；他的學術探索，更見思想鋒芒和個性。散文從「第一人生」時期講究辭藻，講究氣勢，到「第二人生」時期講究性情，講究思想的穿透力。這些都是喜歡他的讀者能夠感受到的裏裏外外的巨

大變化。那麼，在變中有沒有不變的呢？如果有，那不變的因素在變化中扮演了什麼角色呢？我認為劉再復之所以為劉再復，他有兩種品質數十年來始終不變，前後如一：他有發自天性的愛心；他喜歡至純至樸的事物。前者為大愛，後者為赤子。這兩種德性品質構成了劉再復散文境界和境界不斷升華的至關重要的因素，也成為打開理解他人生變遷的鑰匙。

古人有句云「春江水暖鴨先知」。我不知道蘇軾是做過仔細觀察還是姑妄言之才這樣的說，然而這話確實包含了在相同的現實環境面前，各人領悟的早晚緩速並非一致的道理。就如「文革」，早期的時候當然是領袖號召，一般人不會懷疑。輪到造反、批鬥、遊街、各類慘狀以及「將無產階級文化大革命進行到底」的號召交替出現的時候，就有人猛進，有人遲疑；有人視作直上青雲的機遇；有人視作人生陷阱的邊緣；更有人在遲疑中思考，在思考中自問緣由。差異和分化的產生，與信息、了解

程度當然有關，但這些並不是最重要的，最重要的
是有沒有發自天性的愛心。缺乏愛心，自然就事不
關己，無論出於恐懼或出於麻木，都不會進一步觀
察究問。如若有愛心，能夠推己及人，則能由善惡
之感而推及於是非的辨別。由愛憎而生善惡，由善
惡而生疑惑，由疑惑而生思考，由思考而生覺悟。
再復的散文清晰地顯示了他在「文革」中由感觸而
及於思考的變化過程。他不是先知先覺，但能後知
後覺而勝於不知不覺，他天性中的愛心是一個重要
因素。他在《十項記憶》一文中記下二十世紀下半
葉印象最深的十件事。其中一件是「文學所在批鬥
俞平伯先生的會上，一位研究人員跑到廁所裏，拿
出裝手紙的紙簍，戴在俞先生的頭上」。《黥刺》
一文，則記述了批鬥老舍和東海艦隊司令陶勇將軍
之死的情形。「一九六六年老舍自殺前曾被批鬥，
不僅被剃成陰陽頭，而且頭上還被澆上了墨汁，滿
頭烏黑。」陶勇死於司令部招待所花園，「他死後
屍體上的慘狀卻使我怎樣也忘不了：屍體上的衣服

被扒光，臉被打了黑叉，澆上墨汁，頭上還戴着高帽。」再復寫到：「我雖和陶勇將軍毫無瓜葛，但是，他是中華之子與人類之子，我不能忍受在他身上作這樣的污辱。陶勇將軍的慘劇不像老舍的故事流傳得那麼廣，然而，我偏知道這可怖的一幕，並且總是在記憶中抹不掉他臉上的黑叉與墨汁。」俞平伯的學術也許有錯誤，老舍的小說也許不盡善盡美，陶勇將軍就素昧平生，然而目睹如此悖逆人性的行為，極大地刺激了有愛心的劉再復。對「文革」打上內心的問號，即由此類事情開始。

　　一九六四年劉再復廈大畢業加入時稱學部的社科院，「作為一個紅旗下長大的人文大學生，我心目中屹立着的是馬克思主義的學者星座，那是我內在的、隱祕的天空，最明亮的星星是歷史『五老』，即郭（沫若）、范（文瀾）、侯（外廬）、翦（伯贊）、呂（振羽）」。除了這學術元老外，胡喬木、艾思奇、周揚、胡繩同屬劉再復的思想學術偶像，可是他們身當「文革」，處於「橫掃」之列，不是「牛鬼蛇

神」就是「黑筆桿子」。當中央「文革」的「掃帚」橫掃這些紅色的學術前輩的時候，劉再復是怎麼想的呢？《胡繩紀事》追述了這顛倒變幻對於立志獻身人文學術的這位年輕人的衝擊：「為此而想不通，為此而坐立不安，為此而經受了一場內心星空崩塌的大苦痛。我到社會科學部幹什麼？不就是為了通過辛勤讀書、研究、寫作，最終成長為像胡繩這樣的史學家、哲學家嗎？但是他們被『揪』出來了，被推入『牛鬼蛇神』的深淵了。他們為我展示的人生前景如此恐怖，如此黑暗，我的天空真的『崩潰』了。」儘管這位未及「而立」之年的青年人當時不可能思考「文革」的是非，但他的愛心和對事業的熱情，被這突如其來的「革命」澆了一盤冷水。《心倦》一文描寫了他覺悟前夜的心理狀態，「第一次感到心倦是在七十年代初期，那時已被文化大革命折騰得沒有多少力氣了，又到河南『五七』幹校。在幹校裏白天要幹重活，晚上又要搞『清查運動』，每天都要念幾遍《敦促杜聿明等投降書》和幾十遍

『最高指示』，向清查對象『攻心』……這樣數十年把心交上交下，掏進掏出，洗來洗去，老處於革命與被革命、攻擊與被攻擊之中，的確太累了。這種累，正是『心累』。」

心倦不是麻木不仁，也不是和尚撞鐘，而是厭倦眼前掛着革命名義的無聊把戲。正是從心裏厭倦政治表演而生發出大懷疑，生發出追問於內的獨立人格和自由思索。日後劉再復的人生境界的升華，思索越走越遠，如追溯到初始的那一點，我以為是他的愛心。仁愛之心不僅普施萬物，亦能喚醒辨別是非曲直的「智的直覺」。思想批判而至於將廁紙簍扣到被批判者的頭上，有愛心者縱然不能判別所辯者的曲直，亦自然意識到這種思想批判方式的不公不義，進而看穿它只不過提供給靈魂醜陋者一個表演的場合。當有愛心者看到老舍之死、陶勇之死，能不思考「文革」的荒唐？能不思考導演這一幕幕人間慘劇的人的真正動機？當被兒戲般的「革命」折騰得身心俱疲的時候，當初以「五老」為自己學

術追求目標的劉再復，能甘願在這種無聊的折騰中沉淪而不思考生命的意義？愛心初發，可能不夠深刻，但它不僅是一切善的源頭，而且也是一切思考和智慧的前提。正因為如此，當「四人幫」倒臺的消息傳來，劉再復即和好友相約，傾其所有，買來四隻螃蟹做菜，一泄多年心頭的憤懣。亦是因為如此，當「四人幫」倒臺，他日以繼夜寫下大量揭批「四人幫」極左路線的文章，積極參與當時思想和理論撥亂反正的合唱。這些文章今天看來雖有「遵命」的味道，然也是他當時真實的見解和心境的體現。亦是出於仁愛之心，使他覺悟到過去大批判的一套，對老一輩知識分子欠債太多，虧欠太多，走馬上任文學所所長最先做的大事，就是主辦紀念俞平伯先生從事學術活動六十五周年、誕辰八十五周年的會議。它的意義不僅在於還俞平伯先生一個公道，也是一個面向知識界撥亂反正、思想解放的公開姿態。在八十年代，他不僅言論是「補天」的，行動上也是盡其所能替「天」補了不少漏洞。他懷念

孫楷第先生的文章《還不清的滿身債》是他良知自譴之情的真流露。中外聞名的目錄學家、藏書家孫楷第先生原藏有一萬餘冊古籍圖書，包含不少珍本善本。「文革」中因「一號文件」一紙號令，不得不賣與中國書店和廢紙收購站，得錢四百餘元。「文革」之後，老先生逢人便訴如祥林嫂，欲討回故書，直至臨終前，還在手心畫個「書」字。這令人心酸的一幕是劉再復的親歷。他寫道：「他去世後，我和他的夫人按照孫先生生前的意願，把他的骨灰撒到他的母校北師大的校園，並在上面種了一棵小樹。當時，我心裏除了有一種悽涼感之外，還有一種負疚感：我沒有力量和社會一起還給孫先生這筆債，是書債，也是心債。他寫在手心的『書』字，是永恆的請求和永恆的呼喚，這是瞬間的遺囑，也是永恆的遺憾。」源於仁愛之心的負疚感也是劉再復學術探索的動力之一。對巴金「文革」後《真話集》的一再評論，《罪與文學》的寫作，他關於文學應該有懺悔意識的靈魂維度的見解，都是最好的力證。

二　赤子情懷

　　劉再復不僅天性仁愛，而且深具赤子情懷。這也是他截然兩段人生一以貫之未曾為之絲毫改變的天性品質。他以一九八九年為分界的前後兩段人生，學術思考是截然不同了。之前以建構前瞻性、系統性的文學批評理論為主；之後則是隨性而發，見思想的鋒芒而不見形上大架構。散文寫作亦是如此，之前多見深情的讚美，之後多見滄桑的悲涼和靈性的閃光。從散文集的取名也透視出這種變化：一九八九年之前出版者如《太陽·土地·人》、《人間·慈母·愛》、《尋找的悲歌》；之後的出版者如《漂流手記》、《滄桑百感》、《大觀心得》、《西尋故鄉》。這種前後期的改變當然是以變化的眼光所見所得，但若以不變的眼光看，則數十年一貫，無論

是學術思考還是散文寫作，是表現於其中的赤子情懷。我以前寫的評論文字，多以變化的眼光看再復的寫作，如今想來，未為足夠。其實筆者更想和讀者分享的是從其散文裏透露出來的他此生不渝不改的那些東西，而且從劉再復的變與不變的觀察中可以領悟到，正是這些更為基本的不變的品質，促成了日後更為絢爛多彩的學術思想探索與散文抒寫性靈的變化。這也是人生中變與不變的辨證關係吧。

我還記得多年前，劉再復客座香港城市大學中國文化研究中心教授，我過羅湖橋與他相聚。他住在大學的教授公寓，豪華得很。早晨起來，他跟我說，我們到外面找好吃的，不過要走一段路。我跟他出門穿過達之路，入桃源街往南走，一路走一路說話，拐入大坑東街，路不算遠，但上下坡度較大，然後進入南山邨街市。他帶我上到二層，老馬識途那樣走到一個賣早點的小攤檔跟前，跟師傅打了個招呼，要了豆漿、油條。我與他就坐在條凳上吃起來。他吃得津津有味，說這東西很好，很難得。我

　　　　　　　　　　　叁　劉再復海外散文的滄桑感與深情美

心想，這不算什麼吧。那是從前北京最普通最大眾化的早點，但多年之後這些普羅大眾的早點，還是令他難忘。他的日常生活的愛好、習慣與他的天性、品味是高度一致的。他不排場講究，簡單派上用場就好。香港社會的階層界線比中國內地、美國都分明，有身份的人不會光顧攤檔小販，怕跌了身價。被認識的人看見，如同做下什麼醜事，很不妙。我想在那個豆漿油條小攤檔吃早點的，再也沒有第二個成大教授了，但他卻是真人無相的大教授。

因為他打心裏喜歡至純至樸，所以他有大觀的眼睛，不為物遮，不為人掩，見人所不見。例如美國的西部牛仔文化，好萊塢大片多了去，看個好玩也是不錯的，我在德州也看過牛仔表演，只覺得這不外乎是粗俗的娛樂。但劉再復對牛仔表演所顯露的文化精神的詮釋，別具隻眼。他《西部牛仔》一文寫道：「牛仔精神作為美國開拓精神和英雄精神的一種象徵，仍然還影響着當代美國人。牛仔表演，不僅是一種娛樂，而且也是一種英雄時代的記憶和

對英雄精神的緬懷。美國是個崇尚個人獨立的國家，牛仔精神不僅象徵開拓精神，而且象徵着單槍匹馬的開拓精神。」文中引用基辛格答記者問以單槍匹馬闖世界的牛仔精神來解釋自己的人生成就，力證美國牛仔精神不僅活着，而且還進入了美國高級知識分子的生命內核。又如麥當勞漢堡包，人們所見，多是驚歎此類快餐文化橫行美國，而劉再復卻從中讀出美國人崇尚簡樸的文化精神，崇尚生命不息奮鬥不止的進取精神。「一個漢堡養活了一個國家，這是了不起的。」劉再復去國二十六年，東西遊走，時間或長或短，到過幾十個國家，寫下大量散文。這些散文飽含他的個人對所在國家歷史文化的個人觀察和思考。稱為遊記，有些不盡相稱。他自己稱為「遊思」，一邊遊一邊思，確是如此。我以為，他的「思」要勝於他的「遊」，甚至是為「思」而「遊」。劉再復是個極其出色的觀察者、思考者，大千世界在他的眼裏，無不顯露出它的真面目。正是這種邊遊邊思，又遊又思，他創出了散

文的獨特風格，在記行遊歷類的散文中別樹一幟，我以為可以叫做「遊思體」。若是要問他是如何做到的，我以為要歸究於他的大觀之眼。寫到這裏，我想起安徒生童話《皇帝的新裝》故事所暗示的道理。那個孩子所以勝過大臣、皇帝和皇帝的臣民，不是因為小孩多有知識，多有見地，而是因為有童心，因為質樸單純而勇敢無畏。

要深入理解劉再復的散文以及他的生命歷程，有一件事是繞不過去的，這就是他緣何決斷去國遠遊。當然，也可以說大勢如此，不得不然。那個時代許多人如此這般地面對突如其來的未知，都有這個「不得不」的因素。但是這個「不得不」如此選擇的背後，總有個人主觀意志的因素起作用。他的決斷，不說失去鮮花，失去掌聲，失去登高吶喊，失去已有的一切，單說讓自己落入生活、寫作、事業一切全然未知的境地，就是一個自己為自己創造的苦厄和人生的坎。日後他邁過了這個坎，這固然是他不屈的意志、如農夫般的勤奮和造化的厚待，

但當初他落入未知的境地，則是決斷之時就知曉如此的。明知如此而毅然前行，其中當有取捨。所捨者明白清楚，而所取者是什麼呢？寫於去國不久的《遙遠的狼嗥》有我們想要得到的答案。這篇短作以「這是異邦的夜」開頭，格調頗似魯迅的《秋夜》，屬於寂寥而孤獨之時，一人燈下漫筆而四顧茫然，一股思緒湧上心頭之際的靈魂的獨白。內中寫道：「在東方，人是渺小的，說句真話都很費心思，所以人必須有兩副或兩副以上的面孔才能生活。我正是為了保持一副面孔才不得不離開難以離開的土地的。」「文革」剛結束十餘年，什麼是「兩副或兩副以上的面孔」，過來人當是記憶猶新。巴金的《真話集》寫盡了那些歲月「兩副或兩副以上的面孔」生活的荒唐和無奈，寫盡了荒唐和無奈之後的愧疚。劉再復「第一人生」時期寫的散文詩，也屢屢道及那剛剛過去的歲月留下的錐心的感受。如《我曾向無辜者吶喊》所寫：「我曾向無辜者吶喊，用鮮紅的蒼白，用神聖的荒唐。讓別人的心靈受傷，

也讓自己的心靈受傷。」再如《假如我設置一個地獄》所寫：「在那動盪的日子，我的靈魂隨風飄蕩，軀殼隨人奔波。搖擺着軟弱的手和軟弱的頭，扭曲了書生正直的性格，高喊着空洞的口號，助長着母親的痛苦，大地的貧窮，人性的懶惰。使歡笑更少，眼淚更多。」如詩的語言吐露出深深的靈魂自懺。「文革」劫難，對很多人來說，是政治的劫難，社會的劫難，然而對劉再復來說，除了政治和社會的劫難之外，更是自我的劫難、內心自由的劫難和靈魂的劫難。古人說，一則足矣，豈可再乎！很顯然，他不願意再一次落入要「兩副或兩副以上的面孔」才能生存和寫作的境地。人生的關鍵時刻，他的赤子情懷戰勝了恐懼，戰勝了未知，戰勝了名譽，也戰勝了所有已然手握的桂冠。其實，兩副面孔的生存，在中國傳之久矣，要適應也不難，無非練就太極推手的工夫與諳熟心字頭上一把刀的哲學罷了。然而正是取捨之際的分明，顯示了劉再復的千古風骨。

決斷的意志，有時很複雜，有時卻很簡單。這一次，對再復來說，就是簡單勝過了複雜，追求思想和靈魂的自由勝過了世俗的算計。起作用的便是他人生中至純至樸的赤子情懷。「文革」的時候，是非不辨，或者說過違心的話，做過違心的事。然而經歷了「文革」之後的覺醒而再回到要說違心的話，做違心的事的日子，儘管大氣候當前，也是無可厚非，但對於懷抱赤子情懷的再復來說，再大的名譽，再美的桂冠，亦無可取了。赤子般的情懷不單是毅然決斷的力量的來源，也是連接兩段截然不同的人生的橋樑。不錯，前後兩段人生是如此地不同了，可這並沒有使他變成與原初基本品質不同的另一個人。儘管遠遊異國多年，備嘗艱辛，但他還是如同原初那樣質樸，還是懷抱着赤子的情懷進行思想和文學的探索。宋儒曾用月印萬川來比喻「理一分殊」的道理。月亮只是一個，但在不同的河川、水面，就產生不同的具體形態，而所有的具體不同又都是同一月亮使之然。這樣的道理也可以用在理

解劉再復的人生、學術與散文寫作上面。赤子情懷是始終如一的，但它遭遇人生的不同環境，面對不同的學術對象，不同的寫作情景，它亦有不同的表現形態。而不同的表現形態，卻又見證着劉再復身上始終如一的高尚品質。例如八十年代，特別是早期，劉再復的思想相對單純，獨立的識見在醞釀形成中，散文多是頌歌類型的。然而他讚美的都是清純質樸的物和人，小河、故鄉、朝霞、夜、燈心草、山野、草地、孩子、母親、小島、樹木、山村等等，都是他筆下讚美的對象。即便讚美浩闊的滄海，亦在讚美它的氣象萬千中顯出滄海千古如一的清純。如《讀滄海》寫道：「在顫抖的長歲月中，不知有多少江河帶着黃沙污染你的蔚藍，不知有多少狂風帶着大陸的塵土挑釁你的壯麗，也不知有多少巨鯨與群鯊的屍體毒化你的芬芳，然而，你還是你，海浪還是那樣活潑，波光還是那樣明豔，陽光下，海水還是那樣清。」《讀滄海》大約寫於八十年代中期，去國遠遊之後，情景大變，他的寫景狀物抒情

之作，筆調自然隨之發生很大的改變，句子組織和編排亦與國內時期迥然不同。這時候，他已經基本不用排比色彩濃的複句了，而採用錯落的敘述色彩強的散句，然而通讀下來，底色尤在，情懷如一。比如，寫於去國九年之後的《又看秋葉》，這是一篇寫景抒情的短章。北美秋季漫山紅黃斑斕的氣勢首先吸引了他，再復感歎眼前這一片氣勢恢宏的圖畫，然而更吸引他的是近看秋葉脈象分明的通透。這種大自然簡單的美使他追想得更遠。他寫道：「真的，我總是看不夠透明的秋光秋色。在佈滿道具、充滿包裝的時代裏，我喜歡透明的存在。離開故國九年，唯一感到遺憾的就是在故國時除了匆匆看了幾次香山秋葉之外，竟然沒有時間去武夷山、黃山、峨眉山、廬山的秋景，這是多麼難以彌補的生命空缺呵。」

　　二〇一〇年劉再復出版了一本別開生面的學術著作，他取名為《雙典批判》。「雙典」是《三國演義》和《水滸傳》這兩本最為國人稱道的古典小

說。再復去國多年，這次站出來，不懼站在全國多少「三國迷」、「水滸迷」的對立面，大聲棒喝。筆者以為此事最能表現他滿懷一腔赤子情懷的人格——雖千萬人吾往矣。他在《雙典批判》中說：「五百年來，危害中國世道人心最大最廣泛的文學作品，就是這兩部經典。可怕的是，不僅過去，而且現在仍然在影響和破壞中國的人心，並化作中國人的潛意識。現在到處是『三國中人』和『水滸中人』，即到處是具有三國文化心理和水滸文化心理的人。可以說，這兩部小說，正是中國人的地獄之門。」以地獄之門來比喻這兩部小說，當然是著眼於它們所承載的文化價值觀，而不是否定它們的藝術價值。我們都知道，「三國」崇拜權術，崇拜謀略，以詐為雄，以奸為正；而「水滸」則崇拜暴力，崇拜俠義粗豪，殺字當先。劉再復直言指斥，這些是「偽形文化」，文化其表，奸詐其內。它們是人性萬劫不復的深淵，而一個國家在邁向現代化的過程，必須去除這些文化的渣滓。

劉再復所倡導的傳統文化價值觀的重新檢討和批判，一面是對傳統的批判，另一面卻是鑒於非常沉痛的「文革」的教訓。「文革」中的社科院其實是一個「偽形文化」的漩渦中心。因為直通中央「文革」，匯聚了「筆桿子」。各種陰謀的醞釀、試探直到大打出手，都離不開當時的跳樑人物。紅極一時的「文革精英」，那時就總結了「政治鬥爭三原則」：政治鬥爭無誠實可言；結成死黨；抹黑對手。這三原則當時廣泛流傳，被奉為「革命」的不二法門。「文革」中的社科院所以烏煙瘴氣，亦拜此謬種流傳所賜。劉再復看在眼裏，痛在心裏，這些荼毒一時的「偽形文化」與他的淳樸品質和赤子天性，簡直完全違背。多年之後，他還耿耿於懷，念念不忘，發而為文化批判，從文化的源頭上探討「偽形文化」來龍去脈。他這樣做，無非是警醒世人，如同魯迅當年吶喊一樣，希望那些浸潤於謀略、權術和厚黑之學的國人，那些奉行「該出手時就出手」哲學的國人，認清自己是站在地獄之門的現實，從

頭懺悔，改過自新。學術的力量能否扭轉世道人心，固然無從得知，但再復拳拳之心，於此可鑒。坊間異口同聲，都說要吸取「文革」的教訓，然而「文革」什麼教訓最慘痛？除乾綱獨斷者之外而及於眾生者，筆者認為劉再復所說最為深刻，更兼一語道破。

　　對「雙典」批判的初衷，亦是與他去國之後提倡返回古典的說法是一致的。返回古典是九十年代以來大的潮流，然而各人有各人心目中的古典。劉再復提倡的古典，就是他說的「六經」：《山海經》、《道德經》、《南華經》、《壇經》、《金剛經》和他稱為文學聖經的《紅樓夢》。劉再復認為，中國的文化，一幹開兩脈，既有四書五經的文化，也有上述「六經」所開示的文化。他所以提倡「六經」，是因為這「六經」「重自然、重自由、重個體生命」。它們所承載的文化理念和精神，與他的精神路向完全一致。正如「雙典」代表的是「偽形文化」一樣，他所倡導的「六經」所代表的就是「真形文化」。

無論是批判「偽形文化」還是提倡和努力闡釋「真形文化」，都表現了他前後如一的赤子情懷。最後，筆者想引述劉再復的一段話以結束拙文。這段話出自他「紅樓四書」之一的《紅樓夢悟》上篇第十七節，論的是賈寶玉。它既見出劉再復對《紅樓夢》文本的透徹之悟，見出與作者曹雪芹精神境界的高度契合，也見出劉再復的精神追求、心靈品質、人格境界的赤子情懷。他寫道：「賈寶玉的人格心靈何等可愛。在濁水橫流的昔時中國，在老氣橫秋的豪門府第，他的出現，就像盤古剛剛開天闢地的第一個早晨出現的嬰兒，給人以完全清新完全純粹完全亮麗的感覺。他的眼睛是創世紀第一雙黎明的眼睛，是人之初第一次完全向宇宙睜開的眼睛。這雙眼睛的內涵讓我激動不已，它所看輕的正是世俗眼睛所看重的，它所看重的正是被世俗的眼睛所看輕的，於是，這雙眼睛常常發呆，常常迷惘。雖然迷惘，卻蘊藏着太陽般的靈魂的亮光。」

劉再復人生啟示錄

一　海外重生

　　現代中國曲折多變的歷史固然有它豐富多彩的一面，但是穿透表面的華麗便顯露出它殘酷無情的本色。尤其是對那些執着於思考和寫作的知識人，不論願意還是不願意，不得不在巨大的社會潮流的裹挾中前行，然而不知什麼時候，完全預計不到，一個巨浪便向個人撲面而來，渺小的個人不被打得人仰馬翻，也要遍體鱗傷。大難過後，生活既定的可能性之門便朝他們永遠關閉了，而新的可能性之門要靠他們自己去叩問，去開啟。這時候，有人以死拒絕，有人沉默不語，有人在夾縫中生存，當然也有人選擇苟且應世。後者不論，前者一長串的名字當中我們至少可以數出：沈從文、無名氏、穆旦、艾青、丁玲、傅雷、老舍、翦伯贊等。這串名字還

可以開列下去，不過就是這些，也足可以讓我們領悟命運的殘酷。思考與寫作，只要與這片土地相關，就不會是一帆風順的，也不會是平靜的。厄運之神會突如其來降臨，阻擋你前方的路，扼住你手中的筆。既然個人沒有可能強大到扼得住命運咽喉的程度，而又不想被厄運之神窒息，便只能諸芳散盡之後，自尋歸路，在各種形式的放逐中尋求自身生命的歸宿。沈從文改換行當，轉而研究服裝史是這樣；無名氏在無聲中寫作是這樣；穆旦回國後沉醉於翻譯也是這樣。就像國家、社會、歷史要淹沒寫作一樣，寫作也要冒出頭來呼吸生存，於是我們在現代文學史裏，隱隱約約看到一個百年不斷、綿綿不絕的寫作傳統，姑且稱之為放逐中回歸的寫作傳統吧。我覺得，劉再復的海外散文便是這一隱約的寫作傳統的再次光大。十九年來，他一面漂流，一面訴說心中的思考，寫下散文《漂流手記》十卷、《紅樓四書》，還有其他的學術文字。這些散文如今由作者精選為《遠遊歲月——劉再復海外散文選》

問世。讀着他的散文，我們看到高尚心靈不平凡的心路歷程，我們看到思想的淬煉和生命的驕傲。

　　故事當然是從一九八九年開始的，那一年現代史的曲折多變性再次降臨，而且其突如其來的性質遠超以往的大變局。無論辛亥、北伐，還是建國、「文革」，雖然翻天覆地，但尤有它的漫長醞釀。唯獨這一次，宛如六月飛雪，幾乎為所有人始料未及，它造成的震撼和人們生活軌跡的變化，也非語言所能盡道。在這之前，用他自己話的形容，劉再復頭上頂着好多「桂冠」，有耀眼的「光環」。他那時擔任中國社會科學院文學研究所的所長，也兼任社會上各種榮譽的職位，他和李澤厚一道是八十年代思想界、文學界思想解放的核心人物。那時期他從「文革」的災難中覺醒過來，義無反顧投身到撥亂反正、思想解放的運動中來。但是他和他們那一代人的「致君堯舜」的努力為歷史大變局所中斷，從此離開故土，漂流到遙遠的海外。對個人命運來說，無疑這是刻骨銘心的滄桑巨變。如果意志和思想的

定力不是那麼強大，經此巨變，恐怕早就被這個突如其來的打擊弄得喪魂失魄了，這或許又是某些居心不善者所樂於見到的。不過劉再復並沒有這樣。不錯，他失望過，彷徨過，更孤獨過，但他沒有亂了方寸。他把災難化作人格和靈魂升華的階梯，寫作拯救了他。當然反過來，劉再復也拯救了他的寫作，歷經彌久，他的散文境界變得更加闊大，更加深邃，猶如一個孤獨的行者，所行越遠，所見越深。我們從他的散文裏清晰地看到他心靈的軌跡。

他的散文生動地記錄了他身處海外邁出的第一步，這就是不斷地脫去身上的「舊我」。蛻變是異常艱難的，劉再復把這個過程形象地形容為「第二人生」。「第二人生」既是一個客觀的過程，也是一個難得的主觀心靈的覺醒。母親、故土養育了他，識字、讀書、上大學，在這之後，他也以他的勤奮和智慧參與家國故土的建設。假如這一過程延續下去，很可能就沒有了後來的「第二人生」；只是在「第一人生」的可能性封閉了之後，他才以頑強的

自我拯救的意志和強大的心靈智慧尋找到了造物向他開啟的「第二人生」。這個過程無異於佛經上說的浴火重生式的涅槃，從肉身到靈魂來一次再造。從學說話（學外語）、學走路（開車）、學融入社區生活開始（《第二人生之初》、《谷底》、《夢裏已知身是客》），到在寂寞、孤獨中走出情感和心理的低谷，在自我放逐中回歸到真我的內心世界。前者是世間的、社會的，做起來雖然艱難，但畢竟有限；而後者則是心理的、精神的，我相信不經過漫長的、反覆的精神陣痛是沒辦法走出這片人生的戈壁荒漠的。劉再復用「轉世投胎」，用斬斷與故國鄉土的「臍帶」來描述當初經歷的精神陣痛，沒有絲毫的誇大。所幸的是他終於走出了辭土去國的陰影，人生的巨大變故不但沒有擊倒他，他反而從中汲取了無盡的養分，滋養他的心靈世界。

二　天眼看世界

　　第二人生的展開，對劉再復來說彷彿睜開了一雙「天眼」，一個新的可能性世界在舊的可能性世界關閉之後出現在他的面前。他在這個世界遊走，他在這個世界歌吟，他盡情地抒發他在這個世界的感悟，他盡情表達他在這個世界的洞見。這個新的可能性世界，既是現實的海外，又是文化的中國；既是哲人沉思的存在，又是詩人安身立命的詩意的家園。劉再復的海外散文有一種「發現之美」，或者說飽含「發現的詩意」。他像一個用心的觀察者，以他成長起來的「天眼」看周遭的大千世界，看幽冥微妙的內心世界，常常能夠見他人所不能見，思他人所不能思；他又像一個曠野的跋涉者，一路用心尋找，他能夠在荒漠裏找到人生的甘泉，能夠在

巉巖絕嶺中發現哲思的玉石。如果要用簡潔的語言來概括劉再復海外散文的特色，我覺得只有「發現之美」四字才差強當之。這裏說的發現不是左顧右盼的一孔之見，不是東張西望的隨意獵奇之見，而是融會了作者本人在心靈的煉獄中重生的人生體驗的發現，就算是平凡的事物，在劉再復的筆下都是顯得不同凡響，因為那是經過他的心靈過濾的。

秋天到了，秋風瑟瑟，落葉紛紛而下，大自然在一陣秋風中改換了它的節奏。自然季節的變遷觸發了思緒的靈感。劉再復有感於芝加哥大學校園滿樹的黃葉，在《瞬間》裏寫道：「人的生命也如大自然的生命一樣，常在瞬間完成了精彩的超越，生命的意義就蘊含在一剎那的超越之中。在一剎那間，生命突然會奇跡般地湧出一個念頭，一種思想，一股激情……也許就在這一剎那間，你的靈魂往另一方向飛升，穿越了龐大的痛苦與黑暗，甚至穿越了殘酷的死亡，實現了靈與肉的再生。這一剎那，就是偶然，就是命運。」從自然萬象一剎那的變化，

悟出瞬間在人生命運抉擇的含義，若不是經歷一番
「生死巨變」，又怎麼能洞見自然世界蘊含的人生
奧妙？然而，《瞬間》裏所感悟的又不僅僅具有個
人體驗的意義，劉再復對自然的發現，使出於個人
的體驗升華至普遍的哲理感悟，這是對東西方的哲
人「瞬刻永恆」最好的詩意表達。我個人非常喜歡
那些從自然萬象中感悟人生的篇什，這些年來他遠
遊的腳步足跡遍及歐亞、北美，他的「天眼」讓他
洞燭幽微，讓他磅礴萬象。他讀山川，讀大海，讀
小草，讀落葉，讀飛鳥，讀走鹿，目光所至，思考
所觸，皆有發現。浩瀚的波羅的海讓他感悟大海是
「天地間最偉大的胸襟」，個人的心胸也應該像大海
的心胸那樣遼闊，遼闊得可容下星辰與日月。（《聽
濤聲》）海明威《屈力馬扎羅山的雪》寫過一個凍
死的豹子。這隻豹子引起劉再復多年的思索，在穿
山跋涉，看慣了落基山日升月落之後，他終於感悟
到了這是一個關於尋找的故事，而尋找的真義在於
「並不尋找什麼」。因為生命的本色是自由，就像

那隻豹子不為尋找食物，不為稱霸高山，只為自由的本性。（《屈力馬扎羅山的豹子》）買了房子，定居下來，劉再復聽從鄰居的勸告，開始了「征服蒲公英」的護園行動。可能的方法，包括不停拔除和噴灑除草劑都試過了，他發現生命的速度總是比剪滅生命的速度要快，由此他再次想起了卡夫卡的名言：「從土地生長出來的生命是難以被消滅的，因為土地是永生的，附麗在土地上的生命也是永生的。」自然的啟示剛好和他的經歷共鳴：就像那些想征服他的人失敗了一樣，他想征服蒲公英也失敗了，因為生命是不可戰勝的。（《征服蒲公英》）類似的例子還可以舉出好些，不過僅此也就可以見出劉再復寫散文，注重的是靈犀一閃的發現，心中有悟，才下筆成文。他的海外生活的感悟，如同汩汩細流的泉眼，源源不斷，全是從自身生命的遍歷中流出的。他的散文體現了他對生命和自然的大愛，顯示了他敏銳的觀察和睿智的體驗，當之無愧稱為思想者的散文。

古人云，失之東隅，收之桑榆。別鄉去國，西海遠遊的經歷對劉再復來說也是如此，從前對「東隅」的執着、執念，使得他無法放開生命的節奏去觀察、體會異國異土的歷史文化，只能通過翻譯書籍多少「拿來」一些來自遙遠西海的文化營養。即使初到海外，尚未脫去「舊我」，依舊沉浸在「鄉愁」的情緒之中，異國豐富的歷史文化還是沒有進入他散文的視野。當他完成個人感情和心靈的超越之後，「桑榆」便出現在他的眼前。他的《漂流手記》中有一卷是《閱讀美國》，其實這十數年來，劉再復寫了不少的篇什是關於西方的歷史文化和都市地理的。在這些篇章中，我們看到他不再是一個「拿來主義」者了，更深邃的哲思取代了從前功利主義色彩濃厚的為我所用式的對待西洋文化的態度；他也不是再是一個劉姥姥似的執着於故園鄉土的文化獵奇角色。他身處的西海一如他以前的故土，都被看作是人類棲息的大地。大地只有山脈河流的不同，沒有何者優先的價值高下。耿耿於懷的民族、

家國、歷史的執念被放在一邊，代之以悲天憫人的普世感懷。他這樣描述他的東西行走，「這幾年，我像負笈的行者到處漂流，登覽另一世間的興亡悲笑，眼界逐漸放寬，不再把一國一鄉一裏當作自己的歸宿，而把遙遠的另一未知的彼岸作為真正的故鄉。」（《初見溫哥華》）他的眼光伴隨着他的行走，越行越遠，也越行越深，使他的異域散文既有遠眺者的大氣，又有深思者的洞見。

故鄉、家園都是人們耳熟能詳的字眼，不論人們寄託怎樣的形而上的感情，故鄉家園總是和人們生於斯、長於斯的生活空間相聯繫的。它是具體的，不是抽象的。可是劉再復對愛默生的閱讀超越了這一習常的俗見。他把愛默生譽為「新哥倫布」，老哥倫布發現新大陸，那是一片可以安居樂業的土地，而愛默生則是一個精神領域的哥倫布，致力於發現為俗見遮蔽的真理。他在《新哥倫布的使命》中引用愛默生對故鄉的看法：「哪裏有知識，哪裏有美德，哪裏有美好的事物，哪裏就是他的家。」

行走中的劉再復對愛默生關於家園的看法倍感親切，他說愛默生的看法「從根本上拯救了我」。也許有人會認為這又是一個同在天涯而相惜的故事，其實道理並不那麼簡單。愛默生並不是一個簡單的普世主義者。他對何者是故鄉的認識與其說是普世主義，不如說是一種生活境界的體驗：人應以知識和美德為終生的使命，那知識與美德自然就成了心目中的故鄉。漂流的生活對劉再復來說其實就是洗滌，蕩滌了凡俗的塵埃，才有對真義的共鳴。他能激賞愛默生的「故鄉」，說明他實現了生活境界的超越，實現了人生的升華。正如他在散文說到的那樣：「用地域、國界、黨派、膚色等來規定一個人的本質是愛默生無法容忍的。大自由人的心靈沒有任何柵欄，包括沒有南方與北方、東方與西方、天上與地下的柵欄，也沒有任何世俗的障礙，包括語障、理念障、種族障、身份障等等。」人對具體故鄉的依戀，固然說明人的深情，但這同樣是一種「我執」式的局限，它遮攔我們走向更自由的天地，劉

再復對「故鄉」的再發現，滲透着痛徹的反省精神。

　　劉再復在美國生活多年，美國對他而言不再如同國人心目中的「西方」，而是一塊實實在在的人類生活的土地。他作為這片土地上生活的見證者，對美國的讚美和批評都來得特別真切，絲毫沒有那些中西文化比較話題裏常常可以見到的意識形態色彩。他對美國生活的發現是一個心地寬廣、不存偏見的發現。比如，他盛讚傑弗遜對言論心靈自由的熱愛（《傑弗遜誓辭》）；他從美國小鎮生活裏看到真正的美國精神（《我愛波德城》）；但是劉再復也中肯指出南達科他州巨巖壁立的黑山四總統像，當中的一人西奧多‧羅斯福名不副實（《走訪黑山四總統》）；他也坦言美國中學對學生過度放任造成了不良後果（《女兒的學校》）。劉再復寫美國，我最喜歡的一篇是《納博科夫寓言》，他談他對《洛麗塔》的發現。這本是一個可以長篇大論的題目，劉再復卻以他的獨到發現濃縮成一片短散文，顯示出他閱歷豐富思考深刻之後的明心見性一

語道破的功夫。納博科夫寫的是一個變態畸形戀的故事，但對這個故事的解釋卻是人言人殊，光學術界就解人無數，理論套上一大堆，卻未見說出什麼真知灼見。劉再復這篇短文，參以自身遊走歐美兩地多年的體驗，一語中的：《洛麗塔》是「美國文化與歐洲文化的偉大寓言」。他的話是我讀到的關於納博科夫這部小說的最開悟、最益智的見解。他說，「我在洛麗塔身上讀到了美國，讀到了這個年輕的國家遠離歐洲的人文傳統，遠離歐洲的理想主義與浪漫氣息，讀到了這個被物欲所覆蓋的國家一切都納入做生意的軌道，現實到極點。」納博科夫的寫作像迷宮一樣難解，我想有了劉再復的讀破，他應該會含笑於九泉。

三 生命的拚搏之歌

　　劉再復散文裏有一類很特別，寫得非常空靈碧透，越到後來，他似乎越傾心於這類滲透哲思感悟的寫作。我個人不但喜歡他這種風格的散文，還以為這代表他散文寫作的最高境界。他的這類散文沒有事體，只有意象和淋漓酣暢的思考，以人生的玄思徹悟灌注於文字中間，像一股汨汨的流泉，清澈透明，又滲人肺腑，是漢語散文難得的精品。比如他與女兒劉劍梅的「兩地書寫」，探討智慧、追思靈魂、議論快樂、暢論生命等篇什，雖然這都不算獨得的論題，中西哲人也曾多所論述，但是劉再復以他神來之筆，發而為書信體，不是站在高處指點迷津，而是對談交流，在嚴肅的題目下做親切的文字。更重要的是他將自己經歷世道滄桑之後的獨有

感悟娓娓道來，他的姿態不是一個論述者的姿態，他不做真理的闡述者，他不要讀者接受什麼在手的真理，而是與讀者一道分享自己漫長思索追求所得的感悟。這一類的文字，劉再復除了發為書信體以外，還有一種就是他的「獨語體」。這個名稱是我忽然一想的，來自他另一本散文集《獨語天涯》。古人有燈下漫筆的說法，而「獨語天涯」恰好道出他寫作的本真狀態：獨自面對人生、大地、蒼穹宇宙，訴說自己的思考和感悟。此處容我引一節《〈山海經〉的領悟》：

夸父、精衛、刑天、女媧：天地之間永恆的天真；只知耕耘，不知收穫的天真；只知奮飛，不知佔有的天真。有天真在，便不顧路途中有巨火烈焰，人生中有滄海般的大苦難，貼近目標時有斷頭的危險。有夸父、精衛、刑天、女媧的名字在，有會有偉大的耕耘者與追求者。王朝明明滅滅，天真的探尋者卻生生不息。

散文寫得這樣精粹，其道已經與詩相通。濃濃的思考穿越千萬年的神話與歷史，與詩意結合在一起，形成了劉再復散文那種近乎完璧的思與詩的融合。

散文之道入門容易，登堂入室困難，其中存在一個「工夫」與「境界」的差別。因為散文全賴單行散句敷衍成文，推而廣之會說話造句就離會寫散文不遠。那些取捷徑者往往利用了散文形式性要素不強的特點，以外部的「工夫」掩蓋自身修養的不足，比如多以知識的堆砌規避真知的不足，多以景物的描寫彌補精神的缺陷，多以句式的羅列變換營造抒情的架子而實質缺乏內裏的真情，或者以刁鑽的語文造句營造新奇的氣氛，凡此種種在時下散文的文壇慣常可見。清代桐城義法以義理、考據、辭章視為祕而不傳的作文不二法門，義理姑且不論，所謂考據、所謂辭章，其實就是桐城義法的「工夫」。如今的散文文壇雖無桐城之名，但有桐城之實，完全是古人的衣缽的再現。作者不自知，承襲

了作文之道的表面「工夫」。散文固然要講工夫，但更要講境界。散文之道登堂入室的最後分界線其實就在境界。境界從漫長的自我修養和精神歷練中得來，境界從透徹的感悟中得來。讀劉再復的散文，會讓人深深感到，他寫散文有一個非常自覺的自我意識：寫散文當追求高遠的境界。遠遊西海的十九年，無論嘗試哪一種散文的體式，都以自己悟得的真知灼見下筆，都以明心見性的一語道破為文。所以讀他的散文，沒有障礙。既沒有知識障，沒有地理障，也沒有語詞障。他捐棄尋常的工夫，一意追求散文之道的境界，因此他的散文境界清澈、高遠、遼闊。寫得不落俗套，讀來一洗凡塵，在當代漢語散文之林卓然自樹一家。

古人有「艱難困苦，玉汝於成」的說法。因西海行走，劉再復經歷了料想不到的人生大轉折、大滄桑，其艱難困苦的程度，亦只有他自己冷暖自知，然而玄思徹悟落於筆端，妙想指涉皆成文字，這未嘗不可以說是天意的報償、造物的厚愛。在今後的

歲月，我們衷心祝願他在孤獨精神之旅的探尋中，有更豐厚的收穫，有更多的佳作與我們讀者一道分享。

伍

地獄門前的思索

閱讀
劉再復

劉再復一九八九年去國遠遊，正值學術研磨和積累的盛年，不少他的朋友為此惋惜，他自己也面臨前所未有的嚴峻的人生考驗。然而，他的人生正是在顛沛流離的異國漂流中獲得了鳳凰涅槃般的再生，完成了心靈與精神生命的蛻變。二十年來，語言就是他的故土，語言就是他的祖國。時間和空間的阻隔並不能截斷由語言紐帶連接起來的文化與精神的通道，順着這條由聖哲先賢、先知前輩構築的神祕小道的指引，他接通精神血脈，在遙遠而陌生的土地抒寫性靈，尋繹人性，反思現實，探索歷史。一如八十年代時那樣，他在文學創作和學問探索兩個方向用功，筆耕不輟。一面以飽含深情和智慧的詩性文字，綿延着文學的血脈；另一面以無畏的追求真理的精神，承繼着博學、審問、明辨、慎思的問學傳統。劉再復的學術眼光在去國之後益加深邃，學術視野益加寬闊，學術境界亦進入純粹之境。近日讀到他剛寫完的新著《雙典批判》，更是深有感觸，他的思想鋒芒一如往日。他對《三國演義》

和《水滸傳》的持論，與相當部分讀者都不同，他站在少數派一方，直指這兩部流傳小說崇拜暴力、崇拜權力的低劣境界。要是接受「雙典」的文化觀念，那正是人生的「地獄之門」。

一　三國水滸與「偽形文化」

「雙典」是劉再復書中用語，指《水滸傳》和《三國演義》。今次，他把批評的矛頭指向幾乎是最多國人閱讀，最受讀者和通俗媒體追捧的古典小說。水滸和三國不僅是被國人閱讀了數百年，而且是被國人崇拜了數百年。如果以不計閱讀質量而僅計算發行數量，筆者相信「雙典」是中國流傳最廣的古典小說，在紅樓、西遊、金瓶之上。文學批評關注的雖然只是小說，要是算上說書、鼓詞、評彈、影視、漫畫、網絡遊戲等古老和現代的媒介形式，那水滸和三國的流傳程度，更是驚人。「雙典」浸潤了一代又一代的「三國迷」、「水滸迷」，餵養了一代又一代「三國中人」、「水滸中人」；「雙典」既是語言文字載體的小說藝術，又同讀者的崇拜、批

評的追捧、其他媒體的利用一起，構成一種文化現象。劉再復的《雙典批判》，以一人之力與這種文化現象抗衡，大有「雖千萬人吾往矣」的氣概。他提出的基本論點是具有震撼性的，對「三國迷」和「水滸迷」無異於當頭棒喝：

五百年來，危害中國世道人心最大最廣泛的文學作品，就是這兩部經典。可怕的是，不僅過去，而且現在仍然在影響和破壞中國的人心。並化作中國人的潛意識。現在到處是「三國中人」和「水滸中人」，即到處是具有三國文化心理和水滸文化心理的人。可以説，這兩部小説，正是中國人的地獄之門。

不過，劉再復也是講道理的。他並不故作驚人之論，並不是要跟中國無數的「水滸迷」、「三國迷」過不去，而是把自己對作品真切的見解提出來，喚起讀者的思索。哪怕是不認同劉再復的看法，也不要跳將起來，而是要心平靜氣，好好想一想，他提

出的問題值不值得我們順勢檢討「雙典」的基本價值觀。文學作品是以潛移默化之力去影響讀者和人心的，也就是梁啟超說的「浸、熏、提、刺」的作用。藝術的水準越高，修辭越加精妙，如果它的基本價值觀是與人類的善道有背離的，那它的「毒性」就越大。就像毒藥之中加了糖丸，喝的人只賞其甜味，而不知覺毒素隨之進入體內。水滸和三國正是這樣藝術水準很高而修辭精妙的文學作品。劉再復雖然批判「雙典」，但並不否認「雙典」的藝術價值。而正因為它們的藝術性，才要將被偽裝包裹起來的有問題的文化價值發掘出來，鄭重地指出來。用他的話說，這兩部小說的最大問題是，「一部是暴力崇拜；一部是權術崇拜」。

劉再復是以文化批判的眼光看待這兩部小說的，他把水滸和三國的文化現象放在漫長歷史演變中觀察，提出了「偽形文化」的問題。劉再復受斯賓格勒的啟迪，從斯氏《西方的沒落》中分析阿拉伯文化的「偽形」演變，而聯想到中國文化在歷

史演變中的「偽形」問題。不過斯賓格勒以為宗教力量的滲入是引起阿拉伯文化「偽形化」的原因，而劉再復在此基礎上再進一新解，認為中國文化的「偽形化」不是由於外部文化力量的融入滲透，而是由於「民族內部的滄桑苦難，尤其是戰爭的苦難和政治的變動」原因。筆者以為，這確實是一個對歷史有銳見的觀察。

晚清時期進化論思想彌漫中國的知識界，以為努力進化，人生與社會也必將臻至一個盡善盡美的境地。章太炎先信後疑，提出「俱分進化論」，抗詰來自西方的這股「科學樂觀主義」。他懷疑「進化終極，必能達於盡美醇善之區」的看法，而以為「善亦進化，惡亦進化」。章太炎這「惡亦進化」的思想，與劉再復《雙典批判》討論的文化「偽形化」，實在就是異詞而同指，「偽形」其實就是人類惡根及其文化在歷史演變中的積累和沉澱。返觀人類數千年的文明史，沒有任何理由認為歷史是朝著道德至善的方向進化。在歷史演變過程中，人類的

善根在發揚光大的同時，惡根也不甘示弱，所以人類的為禍也呈層級遞進之勢。這一點，中西皆然。「偽形文化」開了苗頭，也如同杯中茶垢一樣，日積月累，越來越厚，而人們的生活也因此而習非成是，如入鮑魚之肆，久而不聞其臭。歐洲史上，迫害異端是其文化的「偽形」之一。從羅馬帝國時期迫使不甘就範的基督徒徒手與猛獸搏戲於鬥獸場，到中世紀教廷對付巫女、異教徒的火刑柱，再到二戰納粹以工廠流水線的現代技術屠殺猶太人。這種迫害異端的「惡的進化」使人觸目驚心。

劉再復揭出「雙典」崇拜權術、崇拜權力的問題，在中國歷史上也是由來有自。從先秦諸子開始講「術」講「勢」，教導人主如何使用「詭道」，以四兩撥千斤。同時，更重要的是大一統局面開創了巨大無比的官場舞臺，供各式人主、人臣於其間長袖善舞。歷經兵燹人禍，朝代更迭，權力舞臺如走馬燈來來去去，你方唱罷我登場。其間的殘忍苛刻、陰謀詭計不計其數，這種反覆進行的逆向淘汰，終

於在元明之際結晶為它的「偽形」表述——敘述一場場勾心鬥角故事的文學文本，成就了一本中國人生的通俗教科書。任何一個有觀察能力的人，都不能否認小說《三國》與這種歷史和文化的聯繫，而這部小說之所以受到那麼多國人的追捧，亦只有從這種歷史和文化中才得到說明。北宋歐陽修作《新五代史》，就寫過一位與羅貫中筆下三國諸君貌異心同的人物，這就是歷事五姓九君而與孔子同壽七十三歲而亡的馮道。他的寡廉鮮恥真是堪當虛擬的文學形象與真實歷史人物的恰當匹配。怪不得歐陽修在馮道傳的序文中感歎：「蓋不廉，則無所不取；不恥，則無所不為。人而如此，則禍亂敗亡，亦無所不至，況而為大臣而無所不取，無所不為，則天下其有不亂，國家其有不亡者乎！予讀馮道《長樂老敘》，見其自述以為榮，其可謂無廉恥者矣，則天下國家可從而知也。」從先秦諸子的講「術」講「勢」，至五代史馮道出神入化的運用，再到《三國演義》的薈萃提煉，或以為這就是權術文化的爐火

純青，達到了極致了吧？孰知不然，它的當代演變還有更精彩的「集大成」。劉再復在《雙典批判》中提到他「文革」中痛切的經驗，知曉所謂「政治鬥爭三原則」：

第一，「政治鬥爭無誠實可言」；

第二，「結成死黨」；

第三，「抹黑對手」。

這個總結，比之《三國演義》更畫龍點睛，也更有「現代性」。但是這種「現代性」不是使一個國家的政治邁向文明和人道的現代性，而是邁向萬劫不復深淵的「現代性」，也就是中國歷史文化演變數千年而沉澱下來的「偽形」。這是綿延不斷的「惡的進化」，這是講究權謀術數的渣滓。

同樣對造反性的暴力無條件的崇拜更是中國歷史和文化演變而形成的「國粹」。暴力相向在人類歷史上也許是與人類相始終的現象，但是對於造反的暴力在倫理和道義上給予如此積極而正面的價值，在各大文明傳統中，恐怕是只此一家而別無分

店。西方世界給予造反性的暴力在倫理上的首肯始於現代史上的法國大革命，而中國，筆者相信從神話至文明史的開端便是如此。如果這也是人類史本身一種倫理的「突破」，則中國文明無疑是先拔了頭籌。可惜的是這種「先知先覺」給中國社會帶來了深重的災難，也留下了沉重的倫理包袱。如何評價造反性的暴力在中國史上的意義，也許不是這篇短文能說清楚的。但是今天我們至少可以確定，它是一種災難性的「倫理突破」，它連同它造成的歷史災難確實應當喚起現代中國人反省此種政治倫理。從古至今一貫不容置疑的暴力造反的正當性，應當被放在現代政治倫理的天平上拷問。

當年齊宣王與孟子論起湯放桀和武王伐紂的事，因湯和武王都曾向桀和紂稱臣，至少是偽裝地稱臣，所以齊宣王略有挑釁地問孟子，「臣弒其君，可乎？」不料孟子起而強辯，「賊仁者謂之『賊』，賊義者謂之『殘』。殘賊之人，謂之『一夫』。聞誅一夫，未聞弒君也」。這段對話是中國政治倫理

學史上的一個分界線。一夫是否可誅，這是一個可容辯論的問題。但從此以後，臣誅君、民誅官、下誅上，甚至彼誅此，都可以藉助「誅一夫」的旗號下進行而有了充分的道義正當性。孟子這種政治倫理觀念，不僅僅是他個人「好辯」的產物，而是表現了悠久的民族集體意識。比「誅一夫」更流行的古代口號無疑就是「替天行道」了，「一夫」的抹黑畢竟比不上「天道」那樣崇高而有美名。而比「替天行道」更通俗的現代口號是「造反有理」。現代的降臨伴隨着「天道」的隱替，「天道」無人相信了，當然就比不上「有理」更加鼓舞現代人心。至於有什麼理，則不需說明，這「造反有理」的口號更帶着一股橫蠻無忌、勇往直前的「現代性」。文化大革命中，我們都領教過了的「最高指示」：「馬克思主義的道理有千條，有萬條，歸根結底就是一句話：造反有理。」造反有什麼理，老人家還是沒有講出來，我們可以視作這代表了路人皆知而不必講的常識，連老祖宗的精華都可以歸結為一句話，

那它不是日常生活的常識是什麼？

　　翻開歷史，歷代揭竿謀反的豪傑之士無不利用「天意」來佐證暴力的正當性。喊着「帝王將相寧有種乎」口號的造反始祖陳勝、吳廣，當年便自書「大楚興，陳勝王」，將它塞入魚腹，置於魚肆，再陰使人取回剖開，示愚民百姓以為「天意」，又使心腹夜晚學狐狸叫說，大楚當興陳勝當王。將這種偽造的天垂示當作自己「替天行道」的證據。漢末張角行五斗米道，自編民謠，「蒼天當死，皇天當立。歲在甲子，天下大吉」。又使親信傳唱，以為民謠。元末紅巾軍謀反前，好事者先鑿一獨眼石人，刻上「莫道石人一隻眼，此物一出天下反」。然後趁着月色將它埋在即將開鑿的河道中，並預先散佈童謠「石人一隻眼，挑動黃河天下反」。待開河民工掘出石人後，謀反者群起煽動，以為上合天意，下符民心，由此而展開轟轟烈烈的元末群雄大起義。水滸所寫兩個造反的頭領，晁蓋和宋江都善於運用此種由來已久的手法，證明嘯聚山寨，暴力

揭竿的正當性。晁蓋等七人策劃取「那一套富貴」生辰綱時，晁蓋便向眾人說了自己的一個夢兆，「我昨夜夢見北斗七星，直墜在我屋脊上，斗柄上另有一顆小星，化道白光去了。我想星照本家，安得不利？」一個實際上的搶劫行為，經夢兆的打扮就成為「替天行道」的光榮。諸路好漢「小聚義」於梁山，經過一番推讓排定座次，宋江便津津樂道給他帶來災難的民謠：「『耗國因家木』，耗散國家錢糧的人，必是家頭着個木字，不是個『宋』字？『刀兵點水工』，興動刀兵之人，必是三點水着個工字，不是個『江』字？這個正應在宋江身上。」他的應聲蟲李逵聞聲跳將起來呼應：「好！哥哥正應着天上的言語。」無論古代的「替天行道」還是現代的「造反有理」，筆者相信，草根的復仇和被壓迫者原始的仇恨本身不能完全解釋為什麼造反者的暴力在中國史上可以那麼血腥、殘酷，在此基礎上必須加上政治倫理的力量，才能說明它的血腥性和殘酷性。因為政治倫理就是意識形態，它給人的行動賦

予正當性，當一個暴力行為被說明了是「替天行道」或「造反有理」的時候，當事人便只覺得其合理，而不覺得其殘酷、血腥。當風雲際會，人們集合在這種正當性的旗幟下之時，人性中的暴力傾向就被組織化了，組織的力量便把暴力的災難推向更高的層級。人的良知和天性被這種意識形態層層遮蔽，往而不返。當我們觀察歷史上暴力現象的時候，深感可怕的甚至不是暴力本身，而是把暴力打扮得合理正當的這種「替天行道」和「造反有理」的意識形態。當我們從當代的暴力災難遠溯歷史的時候，就可以看到綿延而累代加強的這種文化的「偽形化」。此種「惡的進化」造就了中國文化中對造反性暴力的崇拜。

二　五四新思潮的「戰略誤判」

　　權謀術數，有人群存在的地方就有它的市場，本無足怪。但是由於有了三國，它獲得了生動而通俗的表達方式，耳濡目染，口抹手胝，於是造就了傳人無數；同樣揭竿謀反，有國家神器便有它的存在。但是由於有了水滸，一紙風行，深入人心，鼓舞了多少「仁人志士」。它使勇者效法，「該出手時便出手」；它使心竊喜而怯者元神振作，「風風火火鬧九州」。三國和水滸傳遞的拙劣的文化價值及其老少皆宜的魅力使得「雙典」成了國人「厚黑之學」的最為通俗而引人入勝的教科書。在歷史上，「厚黑之學」教導出來而最成功的門徒其實就是中國最末一個朝代——清朝——的統治者。清人得以定鼎中原，《三國演義》之功不可沒。如果當

年不是皇太極效法周瑜利用蔣幹盜書的反間計使崇禎殺害了滿洲聞之膽喪的明朝邊疆大將袁崇煥，清人的入關乃是難以想象的。說不定一部國史沒有什麼「清朝」的字眼而只有「後金」。一本通俗小說開創了一個朝代，這樣的說法多少有點兒誇張，但是只有那些食髓知味的實踐者，才會對坊間的演義小說感激涕零，深知其價值。文學的作用從來就是難以估量的，我們無法將它數量化，也無法將它實證化，但這並不意味着文學的作用可有可無，看看「雙典」的風行程度，便可知它們潛移默化的力量巨大。

　　對於三國和水滸其中的負面遺產，其實本來是應該好好清理的，尤其是一個國家邁向現代文明和建設自己現代生活的時候，崇拜權術和崇拜暴力可以演變成一個很嚴重的問題。劉再復的《雙典批判》提出一個很有價值的假設：「如果『五四』新文化運動不是把孔夫子作為主要打擊對象，而是把《水滸傳》和《三國演義》作為主要批判對象就好了。」

或以為歷史不能假設。當然過去了事情不能重來，但通過假設我們能夠看清歷史，能夠分清善惡，能夠辨明義理。五四新文化運動是中國邁向現代文明社會的關鍵一步，胡適就認同五四新思潮是「重估一切價值」的思想運動。而被置於「重估」的那些價值中，恰恰是缺漏了水滸和三國，而儒家和孔夫子則被置於清算的火爐上烘烤。九十年過去了，事後想來確實覺得這是一個當年的「戰略誤判」。這個誤判或許與先驅者造反心理存在某些聯繫，對一切來自民間、來自大眾喜好的東西有一種不加鑒別的奉承傾向。陳獨秀提出文學革命的「三大主義」中，「平易」和「通俗」的文學就列入未來嚮往的目標。按照胡適白話文和陳獨秀「三大主義」的標準，水滸和三國與五四文學革命除了它們屬於古代的之外，其他並沒有衝突。由於它們語言選擇和民眾喜愛，「雙典」逃過了五四文化價值的「重估」。不過，我們不能由此而苛求五四，中國社會的現代進程是漫長的，價值的「重估」也不可能是一蹴而

就的。劉再復在新的社會現實條件下，提出「雙典」批判的話題，正是對五四「重估一切價值」精神的傳承，也是補足了五四未能完成的「國民性」檢討和批判的一課。

　　正如劉再復在《雙典批判》指出的那樣，魯迅其實是明確意識到水滸和三國與國民性的深刻聯繫。魯迅的話可以作證：「中國確也還盛行着《三國演義》和《水滸傳》，但這是為了社會還有三國氣與水滸氣的緣故。」沒有國民擁戴的基礎，任何小說都不能「盛行」。既然盛行，當然就有「三國氣」、「水滸氣」，代有傳人而子孫徒眾。不過可惜的是魯迅就此打住話頭。究竟什麼是「三國氣」、什麼是「水滸氣」也沒有明確道出來。把話挑明，「三國氣」其實就是權術氣、厚黑氣；「水滸氣」其實就是流氓氣、痞子氣。它們代表了國民性中陰暗而偽劣的部分，代表了人性中萬劫不復的深淵。《雙典批判》將水滸和三國這方面的問題攤在至善和人道主義的陽光下來討論，從小說的故事及其敍述中

發現問題，將魯迅當年的問題意識，推進到更加深入的地步。筆者覺得，劉再復提出「雙典」存在的暴力、權術和對女性態度這三大問題，實在值得好好檢討。

三國和水滸的成書並非像通行本署名的那樣是由羅貫中、施耐庵寫出來的，這已經是學術圈的共識。這兩部作品是由很多至今都不知名的說書者創始了眾多不同的流行話本或故事底本，再行由文人彙集、增刪、整理、潤色、編定而成的。也許是由於這個原因，這兩部古典小說集合了來自不同甚至矛盾的文化價值觀，但是他們最基本的層面、最大量的敘事確實是傳達出文化「偽形」的信息。劉再復將它概括為對暴力的崇拜、對權謀術數的崇拜和對女性的偏見和歧視，這並未有冤枉「雙典」。水滸講述的是各式不同的江湖好漢揭竿造反的故事，而三國敘述的則是漢末群雄爭霸的故事。我們都會認同，故事的題材並不能決定故事講述所隱含的價值觀的選擇，所以「雙典」的文化「偽形」，崇拜

暴力和權術，並不是因為故事的講述選擇了這樣的題材，完全是因為作者的敘事倫理，即由於作者在故事的講述中所體現出來的倫理觀念，它們認同或加強了故事角色那種違背至善之道的卑劣行為；或者至少是敘述者是帶着褻玩的態度品賞故事角色的殘忍而偽善的行為。文學所以潛移默化影響讀者，它往往不是像宣傳那樣由外面灌輸，而是通過看似與故事本身天衣無縫結合在一起的敘述者傳達的敘事倫理，令讀者不其然地影照於眼前，默識於心。古人所謂詞曲小說，移人心性，說的就是這回事。所以，「雙典」的崇拜暴力和權術的問題，歸根到底是作者所持的敘事倫理，違背了文明的原則，違背了人道精神。

　　莎士比亞四大悲劇之一的《麥克白》，所講述的是逆臣篡權弒君的故事。麥克白殺害無辜的行為不亞於梁山的好漢，而麥克白的陰險、權謀亦不讓於三國群雄。如果單以題材而論，《麥克白》的故事更加牽涉血腥、陰險和卑鄙，但是莎士比亞面對

宮廷陰謀的題材，卻寫出譴責暴力和卑鄙權謀的不朽悲劇。如果以這一點與水滸和三國比較，兩者的根本差異就在於作者所持的敘述倫理的不同，不惟不同，簡直有霄壤之別；兩者的思想境界、人生境界、美學趣味，其差別有如天上人間。文學，如《麥克白》可以稱作偉大和不朽，而如水滸和三國則只能叫做流行和平庸。為了說明問題，不妨略加引用。第二幕麥克白刺殺了睡夢中的國王後，聽到了敲門聲，莎士比亞讓這位權欲熏心的逆臣來了一段道白：

　　那打門的聲音是從什麼地方來的？究竟是怎麼一回事，一點點的聲音都會嚇得我心驚肉跳？這是什麼手！嘿！它們要挖出我的眼睛。大洋裏所有的水，能夠洗淨我手上的血跡嗎？不，恐怕我這一手的血，倒要把一碧無垠的海水染成一片殷紅呢。

　　欲望、貪婪通向了可怕的罪行，而可怕的罪行通向了無休止的恐懼和心理紊亂，這恐懼本身就成

了對罪行鐵板釘釘的確認。這段麥克白的獨白，既是角色的心理活動的表白，也是敘述者無言的譴責和批判。莎士比亞的類似筆法再見於第五幕麥克白夫人自殺的消息傳來，麥克白預感來日無多而作的一段詩一樣美的念白：

明天，明天，又一個明天，

一天一天地躡步前行，

直到最後的一秒鐘。

我們所有的昨天，

不過替傻子照亮了通向死亡的路。

要熄滅了，要熄滅了，短促的燭光！

人生不過是一個行走的影子，

一個在舞臺上指手畫腳的拙劣戲子，

登場片刻，就在無聲無臭中悄然退下。

它是一個蠢人講的故事，

充滿了喧嘩和騷動，卻全無意義。

這是既是麥克白由貪婪而引發的弒君篡位的邪惡行徑即將落幕收場時的悲鳴，又是對貪欲的哲學的反思，更是對罪行的審判。莎士比亞就是這樣，講述出來的事件本身和敍述者對它的態度是有清楚區別的，讀者能夠感受到莎氏對罪行的譴責和批判，道義的審判始終凌駕了題材本身。作為事件的故事雖然是陰暗的，但卻有一道人性和哲思的光芒照亮了這陰暗的地獄。敍述不是對弒君篡權的血腥陰謀的默認、玩賞和無評價的呈現，而是伴隨着最嚴厲的譴責、最富智慧的嘲弄和最富有道義感的審判，而這譴責、嘲弄、審判恰恰就是融化在對人物及其行為的敍述之中的。

以此返觀「雙典」的故事講述，則境界的高下立見。讓我們舉水滸所寫武松的例子。武松殺嫂獲罪流放到孟州，以義氣相感，效勞於營管兒子施恩，為報蔣門神侵奪家財而最後演出血濺鴛鴦樓的故事。這個報仇雪恨的事兒看起來頗有大義凜然的味道，但看過恩仇的來龍去脈之後，卻覺得施恩也

是一個巧取豪奪之徒，他與蔣門神以及背後的張團練、張都監其實都是一丘之貉。施恩一家的發跡勾畫出一幅活生生的圖景，講出中國社會中靠着政治權力的庇護和暴力的威嚇從事壟斷經營而大發其財的祕密。武松效法於這樣社會惡勢力，而醉打蔣門神，人雖勇而天良泯滅。作者卻將此事當成善惡之爭，期望寫出武松義薄雲天的英雄氣概，何其善惡不分，良知泯滅而至於此！可以說武松的這種「義氣」全無價值，簡直就是流氓氣，若剔除了敍述者美化之詞，武松此舉充其量便是一個街頭流氓的所為，一個地頭惡霸的打手。事件的敍述雖然生動，但筆者深為作者的才華惋惜，因為作者欠缺至善的人生價值和慈悲憐憫之心，使得絕世的語言表現能力只能寫出一場街頭鬧劇。及至血濺鴛鴦樓，武松的行為更是令人髮指。一刀一個殺死的共十五個人之中，只有蔣門神等三人與事件有關，其餘都是無辜。對於這種不問青紅皂白的殺戮，敍述者讓武松殺戮之餘，留下自以為精彩神勇的一筆：「便去死

屍身上，割下一片衣襟來，蘸着血，去白粉壁上，大寫下八字道：『殺人者，打虎武松也。』」這裏寫的固然是角色的行為，表現了角色的無所畏懼，但作者的落筆也不可能是單純的角色行為，這角色行為本身便傳達出敍述者對此種的行為的肯定和讚美。因為敍述者在這裏要表現的主要不是殺人行為的本身，除了手起刀落，也無太多細節。作者主要表現的是殺人殺得大義凜然，殺人殺得理直氣壯，殺人殺得神勇無懼。這角色的大義凜然、理直氣壯和神勇無懼本身，便包含了作者的殘忍、嗜血和善惡不分。劉再復在《雙典批判》中說：

中國的評論者和讀者，只求滿足自己的心理快意，忘了用「生命」的尺度即人性的尺度去衡量英雄的行為。當然，與其說忘了，不如說是根本沒有意識到，因為一種「嗜殺」的變態文化心理已經成了民族的集體無意識。魯迅一再批評中國人喜歡看同胞們殺頭，骨子裏是血腥式的自私與冷漠，可惜沒有覺悟到。武松至今仍是中國

人心目中的大英雄，他那些殺小丫環、小女兒和底層社會的馬夫等血淋淋的舉動，是可以忽略不記的。

　　三國故事敍述所表現的倫理觀念，表面上看與水滸大有區別，好像水滸犯在善惡顛倒或善惡的界線不分，而一部三國忠奸邪正則自始至終念念不忘。但是掀開這層表象的區別，實質還是很接近的，「雙典」都病在敍述者價值觀的庸俗與淺薄。與水滸的善惡顛倒不同，三國的敍事倫理出在它的教科書心態，猶如自恃自家的寶貝，生怕世人不知，一件一件拿出來炫耀擺譜，玩賞小智權詐。作者猶如一位教匠，啟蒙教眾。當然我們也要承認，作者是出眾的教匠。教什麼呢？自然是權謀厚黑一類。《雙典批判》說中了它的要害：「《三國演義》是中國權術的大全，機謀、權謀、陰謀的集大成者，是指它展示了中國權術的各種形態。全書所呈現的政治、軍事、外交、人際等領域，全都突顯一個『詭』字，所有的權術全是詭術。」它的忠奸邪正，以劉

蜀為忠正，以曹魏為奸邪，這道統觀是外加上去的。無論忠奸，都奉權詐為宗，無論邪正，都是奸狡的豪雄。其中所寫的種種得意權謀，多數不見於正史，如桃園結義、貂嬋美人計、諸葛亮三氣周瑜、孔明借箭、蔣幹盜書、周瑜打黃蓋、劉備擲子、司馬懿詐病賺曹爽等，史書上並無一言道及。有的是根據正史一言半語或野史雜乘無根之談添油加醋而成，如三顧草廬、曹劉煮酒論英雄和劉備種菜園子等。當然筆者指出這些，並不是認為史書所無，演義就不許虛構和添加，而是由此可以看出作者藉着中國官場或人生的一般經驗從中提煉而加諸三國人物的身上。而作者所注重添加的成分，恰恰是權詐陰謀一類。作者要把現實人生中種種權謀機變之道做一個集中的展示，以為後學效法之用。三國作者的這個用心，我們不能說它險惡，但至少是平庸，缺乏崇高的人生境界，缺乏人文的關懷；就歷史觀念而言，也是淺薄的，遠不如《三國志》或《晉史》。

三 雙典閱讀與反思傳統文化

　　劉再復的《雙典批判》還向我們提出一個「雙典」閱讀史的問題。三國和水滸以接近於現今的版本流傳，也有四百多年的歷史。而在這漫長的閱讀流傳史上，暴力崇拜和權術崇拜的閱讀，始終是佔據了主流的位置。這固然是「雙典」的文化「偽形」和它自身的文化價值觀的問題，但是明清之際的評點家的推波助瀾也是要負上很大的責任，這同樣是一筆閱讀史上的宿債。正是他們當年漫無節制和不負責任的褒揚，形成了此後一代有一代讀者的「前理解」。而缺乏批判眼光的讀者，自覺不自覺便先入為主，接受他們的觀點。看一看至今都流傳不息的對武松和李逵的褒揚，看一看坊間層層不窮的「水煮三國」、「三國的商戰理念」、「三國官場

之道」之類的書，就可以知道明清之際的評點家大有傳人。在水滸評點中，容與堂本署名李卓吾評本和貫華堂金聖歎評本影響最大，而流毒也最廣。劉再復的指出十分中肯：

> 李卓吾的水滸評點，其致命的錯誤是對暴力的化身李逵的崇拜。他之後，金聖歎延續這種崇拜，但他的第一崇拜對象是武松，並獻給他一個「天人」的最高桂冠。而李卓吾的第一崇拜對象是李逵，他獻給李逵的最高桂冠是「活佛」。

「天人」和「活佛」兩頂帽子戴在武松和李逵身上，可謂荒唐之極。這兩人是水滸著墨最多而最為暴力的兩人，作者對暴力的偏好很大程度上是藉着他們的故事傳遞出來。明清評點著力鼓吹兩人無道放縱的殺戮，可謂失教喪心，任性張狂，一如晚明攬妓縱酒的狂禪，是那個時代的精神病態。值得指出的是，其實金聖歎是看出水滸故事的殺戮性的，

例如貫華堂本他寫的《序二》，說到水滸一百單八人：「其幼，皆豺狼虎豹之姿也；其壯，皆殺人奪貨之行也；其後，皆敲扑劓刖之餘也；其卒，皆揭竿斬木之賊也。」不過，水滸一干人，除宋江之外，他採取的是抽象否定，具體肯定的評點策略。他的上述認識並沒有體現在具體的文本評點之中。或許是那個時代他也有隱衷，對情之所鍾也不得不用虛與委蛇的手法遮掩一下，也未可知。而他具體肯定最多的兩個人，恰恰就是水滸的兩架殺戮機器——武松和李逵。金聖歎此評為後世評家，開了惡例。這筆評點家不負責任的遺產，也是要好好清理的。

八十年代在北京的時候，筆者知曉劉再復有一個學術研究的興趣點，他要寫一部自晚明西學東漸以來的中國人自我反省和自我認識的精神史。毫無疑問，他的這一學術興趣與五四新思潮的「重估一切價值」和批判國民性有內在的關聯。五四新思潮在這方面，開了一個頭，也自有它深刻的地方，然而不能說已經盡善盡美，尤其是思考自己民族文化

傳統中那些帶有負面價值的東西，批判而揚棄之，更是一個長期的課題。五四新思潮是過去了，但是它開創的民族自我反省的思想課題卻是未竟之業。劉再復的《雙典批判》是他對五四新思潮反思國民性的未竟之業多年繫懷於心的交代，也是他去國之後於顛沛流離之中矢志不移追求自己學術理想的創獲。他新著完成，囑我寫序文。我讀後有所感，於是便藉題發揮，寫下如上文字。

讀《劉再復文學評論選》

從中國讀者這面著想，劉再復成了一個熟悉又陌生的名字。他原本就是中國大陸傑出的學者，原中國社會科學院文學研究所所長和《文學評論》的主編。凡在學術文化圈內工作而親歷過八十年代社會氛圍的讀者，對劉再復這個名字，一定不會感到陌生。可是另外一面，他又去國二十餘年，所著多年無法在大陸出版，除了最近幾年間有出版之外，可以說他的文字因緣與這片土地的聯繫是被隔絕的。新成長起來的一代人，即八〇後或九〇後出生的人，熟悉劉再復的就不多了。這本《劉再復文學評論選》簡體字本的出版，讓我們有機會「重新認識」這位出自中國大陸而又漂流異國二十餘年的卓越不凡的學者。這本評論選能夠出版，是件令人高興的事情，至少說明他與這片土地的文字聯繫得以緩慢的恢復。這是一個對話的時代，無論是讀者與他的對話，還是他與這片土地的對話，其實都是令人鼓舞和富有啟發性的。

　　他雖然年近古人說的「古來稀」之年，但是思

想的鋒芒和創造力，正如火山爆發，又如長江大河，正難以估量。劉再復的海外時期發表了大量思想與學術論著，如果算上尚未結集出版的當代作品批評、時評等，那又是更大的數目。因此這個選本只能照見他這麼多年學術思考與著述的重要方面；而筆者的這篇短文，亦只能管中窺豹而作一隅之談。

一九八九年是一個重要的分界線，那一年發生了令人震驚的「天安門事件」。而從那以後，劉再復就離開了「文壇盟主」的位置而漂流異國。這一當代史和個人命運的巨變也給劉再復的思想學術銘刻下深深的印痕。如果把思想看作是社會現實的外部宇宙和個人心靈的內部宇宙的見證的話，那劉再復的思想學術就剛好以一九八九年為界劃分這樣兩個部分。前者照見歷史，而後者照見靈魂。

劉再復大學畢業進入社會不久即逢歷時十年的文化大革命。那時舉國皆瘋，善惡是非顛倒，難得有人從旁觀察而有所思考。毫不誇張地說，劉再復是「文革」亂局最早的先覺者之一。「文革」後期

鄧小平第一次復出而進行「治理整頓」的時候，他就參與其中。「文革」結束，迎來了思想解放和撥亂反正，他更是得風氣之先。這一方面是因為他個人的悟性和敏銳，另一方面也是因為他供職的機構中國社會科學院在全國文化學術界執牛耳的地位。自六十年代起，社科院就是全國思想、學術和文化的「風暴眼」，無論吹東風還是吹西風，它都是心臟地帶，最先被感知。當別人尚且震懾於「極左」餘威而戰戰兢兢的時候，他們就已經是「春江水暖鴨先知」了。在那個年代劉再復以他旺盛的精力和無比的熱情，參與到文學界的撥亂反正中來。例如，一九七九年十月全國第四次文化藝術界代表大會，主席周揚所做的報告就是出自他的手筆。從一九八五年起劉再復任中國社會科學院文學研究所所長兼《文學評論》主編。處在這樣的位置，扮演這樣的角色，他要完成時代和社會賦予的使命，這是很自然的。當時，文學理論和批評領域，一個很急迫的任務，就是要「從蘇聯那裏搬來的那套理

論模式中走出來」，要吸取新知識，拓展新思維。這個時期，他三個方面的學術努力都獲得了全國性的影響，令文學理論和批評界為之振奮。第一，他發表《文學研究思維空間的拓展》，這實質上是文學研究領域和批評界思想解放深化的工作。它針對了當時理論批評圈子墨守陳規、思想僵化、把持門戶、不思進取的狀況。第二，提出並闡述「人物性格二重組合原理」。劉再復這方面的闡述綜合在一九八六年出版的《性格組合論》一書。這本書甫出版即成為該年度十大暢銷書之一，獲「金鑰匙獎」。「人物性格二重組合原理」雖然也算「古已有之」，而劉再復只是再綜合和再闡釋，但那時卻是一新耳目，對昏沉、僵化的理論界直如醍醐灌頂，而對那些嚮往走出陰影的年輕一代，又如大夢初覺。滲透全書的那種勇猛精進的精神和它的啟蒙意義是不可低估的。第三，提出「文學主體性」理論。這是劉再復對以往僵化文學觀念一個根本性的批評，也是對文學批評和創作一個具有前瞻性和建

設性的理論努力。

　　如果用最簡潔的語言來概括劉再復在七十年代末和八十年代的思想學術，我還是覺得「啟蒙」兩字是最合適的。那時社會的氣氛是啟蒙的，是朝氣蓬勃的，而劉再復站在時代潮流的最前沿，他登高呼喊，啟人心智。學術界具有遠見卓識的前輩如錢鍾書、王瑤、季羨林等支持他、肯定他，而無數年輕學人更是深受教益和啟發。劉再復對那個時代文學理論和批評的貢獻是不可磨滅的。回顧過去，二十多年過去了，時代又往前走了一大截，也許會有人覺得他當年的理論努力不夠「前衛」。但就像我們理解歷史上的人物和事件不能脫離時代那樣，理解思想學術也不能脫離它們的語境。大浪淘沙，多少古奧玄妙的高論沉落到無聲的世界，不是人類智慧的所有努力都能為歷史和社會做見證的。筆者相信在任何情況下，只要我們回到思想解放和撥亂反正年代的中國，劉再復的思想學術就是那個時代最可靠、最忠實的見證。

人世滄桑、悲喜哀樂往往沒有任何預兆就那樣降臨了，個人不能避免，更不能阻擋。人的智慧對這一切只能苦苦追問，在追問中開掘同樣無窮無盡的內心宇宙，在追問中領悟命運的神祕。一九八九年以後的劉再復走上這樣的無窮追問之路，這條路是孤獨的，然而也是豐富的。以世俗的眼光看，它沒有八十年代那樣風光，那時他登高一呼，應者雲集。雖有暗箭中傷，有落井下石，但更有喝彩，有榮譽，有朋友和知音的掌聲鼓勵。而漂流異國，這一切都留在了身後，成為遠去的腳印。這一次是禪宗拯救了他，可是更準確的說，是他自己拯救了自己。因為如果不是自悟自證，禪宗也不過是外在的軀殼。在海外二十年，劉再復寫下了散文「漂流手記」十卷。我時常覺得，他到了海外，散文的眼界變得遠大了，境界變得深闊了，而思考變得更加通透了。其實，他思想學術也是一樣。如果引用「隔」與「不隔」的說法，那他海外時期所寫的學術論著就是「不隔」，將學術與生命一體打通而圓融無間。

陳寅恪有一個說法非常合適用到理解劉再復海外時期的學術著述。他說，「士之讀書治學，蓋將以脫心志於俗諦之桎梏，真理因得以發揚。」在陳氏看來，讀書治學，發揚真理，其實有一個不言自明的前提，那就是「脫心志於俗諦之桎梏」。假如不能「脫心志於俗諦之桎梏」，所謂讀書治學，所謂發揚真理，那僅僅是徒有形表。而古往今來，多少讀書治學的「士子」、「學者」，僅僅是披了讀書治學的外衣，為的是「稻粱謀」，是「黃金屋」，是「顏如玉」。因為他們不能破「俗諦」，名為讀書治學而實則自困於名利之場。一九八九年之後，一場風流雲散，人生自是跌落入困頓、迷茫的狀態。但是事實上，神祕的命運也藉此機緣巧合讓劉再復衝破「俗諦之桎梏」，由此而贏得心靈的自由解放。人文學術的真理在其最深刻的意義上說，決不是外在於心靈的「客觀事物」，而不妨說「吾心即是宇宙」。但這個心不是技巧之心，不是聰明伶俐之心，而是擺脫俗諦桎梏之心，是無礙無障自由之心。只

有此一心志才能悟證真理，通達真理，而真理發揚的背後也是因為人類存在此一不屈不撓的心志。劉再復海外時期的學術著述無疑通達了這樣的境界。海外遊學二十年，頭頂上的光環沒有了，過去的頭銜如「所長」如「主編」如「盟主」，統統都去掉了，只有一個名副其實的「客座教授」，隻身走天涯，走到哪裏都是客。這就是他散文裏說的「夢裏已知身是客」的人生狀態。但是，這又有何患？在「俗諦」離他越來越遠的時候，真理卻離他越來越近。《紅樓夢》已被前人說過無數遍了，而更成為一門「紅學」。但劉再復卻能獨闢蹊徑，以心證，以悟證，再說紅樓，說出一番與眾不同的道理。他對《紅樓夢》禪心妙悟的解說，將綿延百年的「紅學」推向一個新的高峰。筆者以為，他的「紅樓四書」是他海外時期思想學術的代表之作，最能見出他的思想和學問。海外二十年，劉再復學術上還做了許多有意義的工作，例如他對「罪與文學」的探索，對高行健創作的評論，對李澤厚美學思想的剖析，這些

都是他精心結撰之作。

　　一面是歷史，另一面是心靈；一面是高昂的吶喊，另一面是孤獨的探索。也許有人會覺得反差太大，是不是後面一個劉再復和前面的劉再復完全不一樣了，辨認不出來了？我個人覺得，小的方面，具體的說法是，但大的地方，根本的精神脈絡卻不是。劉再復數十年的學術探索其血脈精神是一致的。這血脈精神就是對詩的忠誠，對文學立場的堅持，對文學真理的守望。數十年來沒有任何變化，無論是八十年代的登高呼喊，還是九十年代和新世紀禪心悟證，他耿耿於懷的、他孜孜索求的，還是文學的真理。詩是他最深沉的戀人，詩是他始終不渝的摯愛。不同的時代，不同的社會環境，對詩的迫害和曲解可以來自不同方面，可以來自不同的角度。八十年代，它來自多年沿襲的意識形態教條，來自外部和內部的禁錮；而九十年代之後，它來自滾滾紅塵，來自心靈在物質世界、權力世界的迷失。所以，他的學術探索會有不同的側重的，所發出來

的聲音會有不同。所有這些側重和不同其實不是最重要的，最重要的是他身上那種始終不變的血脈精神。我相信，讀過劉再復的這本文學評論選，讀者會得出和我大致一樣的看法。

宇宙萬千而人世無窮，亦無非因為生命而多姿多彩。讀《劉再復文學評論選》正可以通過文字而理解他思想學術，理解他數十年來走過不平凡的學術道路。如果講到人生的起伏跌宕，講到思想學術角色的轉換，劉再復正是百年來中國學術史上最為奇特的人物。他既做過最高昂的吶喊，又做過最深沉最孤獨的探索。前者和後者大不相同而又都是他生命的見證。筆者亦因機緣得以結識這位心靈高尚而奇特的人物，數十年來亦師亦友。他的著述在中國出版簡體版，囑我作序，故寫下上述的文字。

柒

思想者的人文探索

閱讀
劉再復

劉再復著作選本中有一本很特別，取名為《人文十三步》。當然這不過是一種「方便法門」，即從他十三種原作中選出「十三步」來讓讀者窺見他近二十年的思考軌跡。其實海外期間劉再復的人文著述並不止「十三步」，一些引發很大反響的作品，如他與李澤厚的對話錄《告別革命》，就沒有收錄進來。但這總算勾勒出一個輪廓，再現這位敏銳而深刻的思想者對宇宙人生和社會現實對話的心路歷程。

二十年差不多就是一代人的時間距離了，而差不多一代人的時間足可以塵封舊事。通過劉再復的著述和出版就可以透視這種歷史的殘酷性。八十年代，他在文學和人文研究領域，引領思潮，推動拓展學術研究的思維空間，他的名字可以說是文壇和學術圈再熟悉不過的名字了；而他那個時期的論文和著作，如《論文學的主體性》、《文學研究思維空間的拓展》、《性格組合論》、《文學的反思》、《魯迅美學思想論稿》，更是為那個時代的讀者廣泛閱

讀。無論是得到高度讚賞還是引起激烈的爭辯，都說明了他的思想的影響力。可是這一切到了八十年代末端就戛然而止。從那以後他離開他熟悉的土地而生活在異國，雖然他繼續寫作，勤奮思考，但在簡體中文的閱讀範圍內，有將近二十年的時間，讀者見不到他九十年代以來寫的文章或著作。作為一個依賴於語言和文字而工作的人，劉再復從簡體中文的閱讀視野裏消失了。讀者找不到他，他也無從尋找自己的國內讀者。對於曾經熟悉他的讀者，他的一切彷彿就此塵封，就此不見蹤影。對新成長起來的一代人來說，簡體中文作者的劉再復就是一個「新作家」，一個以前沒有見過的作者。直到近年，劉再復的一些曾以繁體中文形式出版過的作品和著作，才得以陸續以簡體中文的形式出版面世，進入大陸更為龐大的讀者天地。在老一輩讀者眼裏，劉再復彷彿「復出」；而在新一輩讀者眼裏，劉再復是「新進」；但在他自己的世界裏，我相信是一切都沒有改變。他還是像他八十年代時那樣，思考，

讀書，寫作。二十年來他的寫作和著述出版就是這樣交織起一個年代差錯的故事。為了讓這個年代差錯的故事不再差錯下去，讓曾經熟悉他的讀者了解這二十年的「空白期」劉再復還寫了些什麼、思考了些什麼，讓新一代讀者能夠了解二十年來劉再復著述的概貌，於是就有了這本《人文十三步》的編選。顧名思義，裏面收錄的篇章都是從二十世紀九十年代以來他曾經以繁體中文形式出版過的十三部文學研究和人文思考的著述中摘錄出來的。雖然有只選一點不及其餘的不足，但也有選取要點，顯示著述全貌的長處。

八十年代末突如其來的巨變雖然將劉再復拋離了原來的生活軌道，他從此海外漂流，「夢中已知身是客」（他的散文語），但並沒有使他放棄以一貫之的散文作者、學者、思想者的人生本分。相反他比以前更執着，更勤奮，更用心，將祖國的語言背在肩上，走到哪裏，寫到哪裏。有筆有紙的地方，就是故鄉，就是家園，就是精神生活的天堂。二十

年來他寫下的散文集、文學評論和人文探索的單本著作，粗略的估計也有三十本左右，還有更多沒有來得及結集的單篇文章和選本不計在內。劉再復二十年來的寫作呈現出一個清晰的軌跡，集中在以下三個方面。首先是散文的寫作。還在國內的時候，就出版過好幾本散文集，如《太陽‧土地‧人》、《潔白的燈心草》。他的散文詩膾炙人口，以赤子之愛抒寫思想者的悲歡。如他的《讀滄海》和長篇抒情散文《尋找的悲歌》就廣為傳頌。出國浪跡四方，他的散文視野更廣闊，筆調更深沉。他的海外散文總名為「漂流手記」共十卷。二〇〇九年花城出版社出過十卷「漂流手記」的選本，取名為《遠遊歲月》。他的散文名篇感人至深，多篇作品被海外中文教育讀本選為課本或者獲得海外中文原創作品獎。許多海外讀者，可以不了解他的文學評論和人文思考，但卻被他的散文所感染和吸引。筆者以為，他的散文當之無愧是當今中文世界的一流散文，相信這一點會慢慢得到大陸讀者的共鳴。

除了散文創作，劉再復海外寫作第二個聚焦點就是他的老本行文學評論。二十世紀六十年代大學畢業之後，他就進入中國社會科學院工作，八十年代初即擔任文學研究所所長。文學研究不但是他的熱愛，也是他的「本職工作」，可以說劉再復就是一個文學人，一個具有詩人氣質的出色的評論家。他二十年來的文學評論和研究，一方面是延續了大陸時期已經形成但來不及形諸筆墨的問題意識，而另一方面又面對海外中文研究遭遇的種種狀況發展出自己的思考和見解。《罪與文學》、《放逐諸神》可以看作是前者的代表；而《現代文學諸子論》可以看作是後者的代表。中國現代文學尤其在一九四二年延安整風之後，逐漸走向了教條化、公式化的寫作模式，對五十年代之後的文學創作產生了決定性的影響。八十年代劉再復提出人物性格的二重組合理論和文學的主體性理論，就是為了擺脫這種積重多年的極端化寫作模式。到了海外，劉再復的思索更加深入，從文學史的角度來探討這個積

弊深重的源流因果，於是有《罪與文學》的寫作。而對魯迅和張愛玲的評論，最能看出大陸和海外文學研究中潛藏着的「學術政治」的傾向。如果在大陸可以概括為「揚魯貶張」的話，那海外就是反其道而行之，「揚張貶魯」。在大陸，其實「貶張」已經得到相當程度的糾正；但在海外若要直言不諱地指出張愛玲的不是，則要有相當的勇氣和冒相當的風險。在「張迷」、「張癡」氣氛濃厚的海外，幾乎無人敢說張愛玲的不是。劉再復本着學者的坦誠與海外現代文學評論界對話，寫出《張愛玲的小說與夏志清的現代小說史》一文。他肯定張愛玲早期小說對人性深刻的發掘，也指出張愛玲後期寫作大失審美水準及其背後的政治意識形態原因，尤其不贊同海外學界對張愛玲的過度溢美。劉再復的文章，在海外中文學界可謂一石激起千層浪。

在海外的二十年，劉再復把相當大的精力用在人文思索上，這構成他寫作的第三聚焦點。與其說劉再復是一個專家型的學者，不如說他是一個思想

型的學者。如果要他在詩和思想之間做一個二選一的選擇，他一定不會像柏拉圖那樣乾淨利索：驅逐詩，擁抱哲學。他一定面有難色，就像遭遇康德悖論那樣，遲疑長考，然後笑一笑說：我能不能兩樣都要？是的，他一定會兩樣都要，既要詩，也要思想。詩是他的本色生命，而思想則是他展開生命的翅膀。在大陸時期的寫作，他的思想大多或者化為意象而潛藏在優美的散文詩文字中，或者凝結為問題意識而展開在文學對象的評論之中。到了海外，他思想者的特性不但得到了更充分的舒展，而且還尋找到更貼切的文字表達形式。它們不再是寄居的形態，而是獨立的個體，就像孩子已經長大成人，脫離父母家庭的庇護，獨立地面對人生世界。這些寫作的聚焦，就是他人文思索的文字。它們佔據了他非創作類寫作的絕大部分。不僅數量巨大，而且具有鮮明的個人風格。劉再復的人文思索涉及的論題非常廣泛，有對傳統經典別具匠心的闡釋，如《我的六經》；有對現代美學經典著述慧心獨發的解讀，

如《李澤厚美學概論》；有對傳統文化糟粕的現代批判，如《雙典批判》；更有漫遊於人生天地，禪悟於大荒無窮，藉助《紅樓夢》而抒發覃思妙悟的《紅樓四書》。這些形態獨特的著述，如果把它們看成是學理的探討，看成是文學的評論，固然沒有大錯，但是還不足夠，甚至是忽視了最基本的地方。它們首先是人文的思索，是思想的表述。劉再復到了海外，也許是因為退去了以前種種「桂冠」，丟掉了以前種種「名號」，於是更顯示出思想者的生命氣質，他就是一個思想的探險者，跋涉於宇宙人生的大天地，求索於亙古及今的大傳統，看見什麼景致，悟得什麼智慧，便用優美的文字表述出來。於是成就他著述中別開生面的人文思索。

或許會認為劉再復去國他鄉這麼多年，中國的人文思想環境和氛圍就像它的經濟一樣，已經發生了巨大的變化，他的文字思考是不是已經與這片土地遠隔了？尤其相對於八十年代他曾經的思考主題，已經迥乎不同，一些見解簡直南轅北轍，那它

們是不是和我們今天面對世界有了隔閡呢？以筆者的認知，這種顧慮是多餘的，至少它是一個誤解。只要是真正的思想，它不可能沒有背景，它不可能沒有對話的對象。區別在於是顯在還是隱在，在於是深層還是淺層。不錯，在劉再復海外時期的文學評論和人文思索的著述中，那種與具體現實問題的針對性相關的特徵是淡退了，借用佛教的術語，以前講「救世」，如今講「自救」，看起來是大大的不同，而一旦弄清楚那個相對於言語的背景，即可知它一樣有鮮明的針對性。思想者一定是一個優秀的對話者，他不會無病呻吟，不會隔空放言。二十世紀八十年代，劉再復的理論主張之所以被認為現實感強，針對性鮮明，乃是因為他的言說所關懷的對象非常具體，人們皆是身處其中，很容易感同身受而被領悟到。到了九十年代，此情此景不再，他將這類「時局」、「形勢」意義上的現實從自己身上放逐出去，將人事糾纏、成敗得失從自己身上放逐除去，轉而立足歷史，立足生命，思考更普遍、更深

　　　　柒　思想者的人文探索

邃、更永恆的古今大疑問和人生大困惑。這既是思想能力的提升，也是思想境界的提升，這個提升自然帶來了他思考所關懷的對象更加廣闊、博大。換言之，它不再是一人一事，一言一行，而是直探本源，直指本根。思想的背景深闊了，關懷的對象廣大了。只要對這一點欠缺解悟，便會覺得劉再復的言說「脫離實際」；而一旦有了解悟，便會覺得他的深思智慧，「正是說到了痛處」。

　　例如他有一篇講演整理成文《中國貴族精神的命運》，這篇文章也收編在本書（即《人文十三步》，編者註）中。乍看過去，貴族精神不但多年無人提起，而且自現代革命以來，這是一個帶有強烈貶義的詞。在現代語境中，它只和背逆潮流、垂死掙扎、孤芳自賞連在一起，從來沒有和什麼正面的價值沾過邊。「高貴者最愚蠢，卑賤者最聰明」，這樣的「最高指示」我們耳熟能詳。在過去講革命的年代，需要發揚的是「泥腿子」精神；而現今講經濟的年代，恐怕需要發揚的就是「孔方兄」精神了。貴族

精神更沒有它的地位了。顯而易見，劉再復這個時候講貴族精神，不但在輿論氣氛上是「逆歷史潮流而動」，而且在學術話語中，也不見得有「前沿性」。但是，我要說，他的這篇講演是高貴的。它的高貴正在於它「逆歷史潮流而動」，它具有「雖千萬人吾往矣」那種英勇氣概。而且，他的這篇講演也是前沿的。它不是學術話語裏那種喋喋不休的，人言我言的前沿性，而是在一個污濁的世界呼喚正面價值的前沿性，是言人所不言的前沿性。只要我們略為意識到在物質世界、金錢世界的迷失，只要我們對當代功利取代一切的價值觀略有省悟，只要我們對現實世界的污濁本質略有痛感，讀一讀劉再復《中國貴族精神的命運》，誰又謂它「脫離實際」呢？

　　古人說開卷有益。無論是讀劉再復的散文還是人文著述，正是應了這句古話。編者編選這本書，正是希望它能起導讀的作用，使讀者有可能循此進入他深邃的思想世界，追步他思想的蹤跡。

捌

中國現當代文藝思潮與劉再復

一　左翼文藝思潮內部分歧的出現

　　自清末起隨着朝政瓦解綱常失序，啟蒙與救亡的大氛圍逐漸形成，不論有意無意主動被動，文學逐漸脫離古代閒雅的生長環境，一躍而進入有所為的狀態，深度捲入了時起時伏的時代社會大潮。文學甚至成了時代大潮的精神表徵，它與時代大潮互為表裏，一顯一隱。二十世紀的不同時期，時代大潮所凝聚而成的政治訴求雖然有不同的表達方式，但無論哪一種政治訴求的時期，文學都深度地參與其中，或者「為王前驅」，或者「反帝反封建」，又或者「為政治服務」。

　　在這個總體面貌之下，從大革命失敗時起馬克思主義的文藝觀便由譯介而傳入，引起由文學革命到革命文學的轉變。廣義的左翼文學迅速佔據了

文壇的主流，由左翼文學而根據地文學，再由根據地文學而建國後文學，一脈而下，至少是越來越聲勢浩蕩。本文的意圖不是要分析這個文學演變的歷史過程，而是在這個大變遷的背景下觀察這個文學脈絡裏文學思想的分歧和論爭。因為在這個文學脈絡的內部，看起來是馬克思主義文藝觀獲得了大致的贊同，本該沒有什麼歧出異見才合乎情理，然而實際上只是文藝思想的分歧和論爭進入了一個新階段而已。似乎是主要矛盾解決之後，「次要矛盾」迅速上升為主要矛盾。最早有魯迅與創造社諸人就「革命文學」問題的論爭；魯迅之後有胡風先與左聯的批評家後與解放區某些理論家批評家的或明或暗的論爭；建國八十年代有劉再復與教條理論家批評家的公開爭論。這是為什麼呢？若是從「陣營」著眼觀察，他們當然同屬一個「陣營」，然而對峙激烈的時候，並不排除遭逢「敵手」。胡風就是一個例子。況且更有意思的是，當我們將不同時期的分歧聯繫起來的時候，發現論爭雙方的立場和思想

方法竟然也是各自傳承的。內部論爭是為了達到一致，但在相隔甚遠的立場和難以相容的思想方法都不能妥協的現實情形下，所謂論爭最後都是「對牛彈琴」。然而這當年的白費了氣力對我們今天又不是沒有意義的。儘管分歧不能弭平，甚或至於訴諸「政治解決」，但對於後人又正可以看清分歧的實質，在歷史的實際展開過程中加深對文學的理解。

二 「革命人」：魯迅與創造社

　　馬克思主義文藝觀尚未傳入的五四，魯迅就不憚將自己的小說與新思潮相聯繫，稱自己的寫作為「聽將令」。令到魯迅要聽令的「將」不是哪一個具體的人，然而它是時代和人生的召喚則無疑問。那時五四先驅相信，文學為人生，走出象牙塔。可是當「時代和人生」逐漸演變為具體行動的革命時，魯迅也有遲疑。他最早將文學與革命聯繫起來是四一二殺戮前四天在黃埔軍官學校做的演講《革命時代的文學》。按魯迅當時的說法，就壓根兒不會有什麼「革命文學」。他以為，革命前只有「叫苦鳴不平的文學」，那時還沒有革命，自然不會有什麼「革命文學」；革命中，「大家忙着革命，沒有閒空談文學了」；至於革命成功，生活有了餘

裕，文學又出來了。但此時的文學，要不「稱頌革命」，要不「唱起輓歌」，這兩者都與革命文學無關，也產生不了真正的革命文學。魯迅的唱反調其實一面體現了魯迅對正在形成輿論的革命文學口號的不信任，另一面更重要的是體現了魯迅對文學一種根深蒂固的觀念，即文學是作者真心流露的產物。這是一種以作家為本位的文學觀。文學固然與時代人生有關，然而排除了作者真心流露，就談不上好文學。「因為好的文藝作品，向來多是不受別人命令，不顧利害，自然而然地從心中流露的東西；如果先掛起一個題目，做起文章來，那又何異於八股，在文學中並無價值，更說不到能否感動人了。」[1]

一九二七年底魯迅定居上海，旋即與創造社就「革命文學」論戰，魯迅「看了幾種科學的文藝論」，自己也發生思想觀念的變化。他不再懷疑革

1　魯迅《革命時代的文學》，《魯迅全集》第三冊，第四一八頁，人民文學出版社，一九八一年版。

捌　中國現當代文藝思潮與劉再復

命文學的有無，轉而承認，「世界上時時有革命，自然會有革命文學」。[2] 他的根據是「人被壓迫了，為什麼不鬥爭？」[3] 如果這鬥爭用到派文藝上場，也沒有什麼不可以。魯迅甚至贊同美國作家辛克萊的話「一切文藝是宣傳」。魯迅的贊同可以看成他一貫認同文學不是個人的象牙塔而是與更大的社會人生相關的觀念在需要革命行動的時期一以貫之的表述。即便承認文學的宣傳作用，魯迅依然沒有忘記文學與作為革命行動的宣傳之間的「歧途」。他說：「我以為一切文藝固是宣傳，而一切宣傳卻並非是文藝。」[4] 魯迅固執於文藝與宣傳之間的區別，一如他固執於革命與文學的「歧途」一樣，他並非要否認文學可以用於宣傳，否認文藝可以服務於更

2　魯迅《文藝與革命》，《魯迅全集》第四冊，第八二頁，人民文學出版社，一九八一年版。

3　同上註，第八三頁。

4　同上註，第八四頁。

大的反抗壓迫的鬥爭，或否認服務於革命的事業，
而是要在一個走向行動的時代更突出好文學「自
然而然地從心中流露」的那種性質。若是欠缺這
一點，文學即使掛上革命的招牌，也與八股無異。
魯迅對文學這種性質的認同與堅持最集中體現在他
的「革命人」的說法。魯迅說，「我以為根本問題
是在作者可是一個『革命人』，倘是的，則無論寫
的是什麼事件，用的是什麼材料，即都是『革命文
學』。從噴泉裏出來的都是水，從血管裏出來的都
是血。」[5] 魯迅所說的「革命人」，顯然不同於日後
批評理論所指的世界觀，而是魯迅一直堅持的創作
思想。對創作來說，主體意義上的人遠遠優先於所
寫「事件」和所採用的「材料」。因為作品是作家
才華的產物，怎樣的人便寫出怎樣的文學，一如噴
泉出來的是水，血管出來的是血一樣。創作不是被

5   魯迅《文學革命》,《魯迅全集》第三冊，第五四四頁，人民文學出版社，
      一九八一年版。

捌　中國現當代文藝思潮與劉再復

「事件」和「材料」所決定的，而是被作者是不是「革命人」所決定的。寫了遊擊隊的失敗，並非就是不贊成革命或不堅持革命的「反革命文學」；同樣喊幾句革命的口號，唱幾句革命的讚歌，並非就等同「革命文學」。法捷耶夫的《毀滅》講了一個遊擊隊潰敗的故事，魯迅一九三〇年翻譯出來，他的意圖也許就是為兩年前與創作社的爭論提供事實的例證。那些喊口號唱讚歌的「革命文學」，當時就被魯迅嘲為「賦得革命，四言八韻」。[6] 撇開魯迅狐疑創造社諸人是否真革命不提，他一九三〇年在左翼作家聯盟成立大會上講話，重提十月革命詩人葉賽寧後來自殺的故事，無非是再次強調他一貫的立場：創作主體在革命文學運動中至關重要，無「革命人」，便無所為「革命文學」。「革命文學家，至少必須和革命共同着生命，或深切地感受着革命的

6　同上註。

脈搏的。」[7]

　　然而創作社諸人顯然未有此種意識。他們另有理解，把「事件」和「材料」放在革命文學問題的第一位。認為「事件」和「材料」是構成革命文學更重要的標誌，簡言之所謂革命文學就是要以革命運動為題材，以革命人物為核心。過去筆者也不理解新文學的先驅魯迅怎麼在創造社諸人的眼裏就是成了「封建餘孽」，以為純粹意氣用事，但今天想來還是有理論根據的。自以為文壇新貴的意氣成分尚屬少的，視魯迅創作為不合新時宜還是有文學見解的支撐。錢杏邨《死去了的阿 Q 時代》判斷魯迅作品「大多數是沒有現代的意味」，根據就是魯迅小說「沒有能代表時代的人物」[8]，像阿 Q、陳士成、四銘、高爾礎，「這一些人物究竟是什麼時代

7　魯迅《上海文藝之一瞥》，出處同上註。

8　錢杏邨《死去了的阿 Q 時代》，《太陽月刊》三月號，一九二八年三月。

的人物呢？」[9] 錢杏邨問道，他言外之意是魯迅寫了什麼人物，那自己就是什麼人物。他由作者筆下的人物斷定作者本人立場的屬性，於是魯迅也成了「與李伯元、劉鐵雲並論倒是很相宜的」。也是基於同樣的文學認知，馮乃超才說魯迅「從幽暗的酒家樓頭，醉眼朦朧地眺望窗外的人生」[10]。過去認為創造社機械地理解文藝與社會時代的關係。這批評固然是說中了，然而還有更深的一層，創造社諸人所以有這種機械論是源於他們牢固的文學理念：作品中事件、材料、人物具有第一重要性，作者僅僅提供表現這些元素的技巧而已。不同時代文學的區別就是選取不同事件、材料、人物進入作品的差異。所以錢杏邨認為阿 Q 時代死去了，如今進入革命風起雲湧的時期，農民已經覺醒，「他們的革命

9 　同上註。

10 　馮乃超《藝術與社會生活》，《文化批判》一九二八年場刊號。

性已經充分的表現出來」，[11] 於是魯迅所寫的阿 Q
連同《阿 Q 正傳》作為文學也毫無意義了。魯迅
同創造社諸人的分歧，從根本上說是兩種不同的文
學創作「路線圖」的分歧。我們看到「科學的文藝
論」從它傳入中國的時候起，作為說明文藝現象與
一般社會關係的理論，說明文藝在社會所起的作用
的理論，接受者都是信服的，並不存在分歧。但是
一旦落實到創作，演變為創作論，分歧就出現了。
在二十年代末革命文學剛剛興起的階段，這種文藝
創作「路線圖」的分歧並未有顯示出它日後嚴重的
性質。一來是因為新理論的傳播才開始，初來乍到，
分歧現象被認為是理解不夠全面，假以時日當能補
足這個短板。魯迅之寄期望於翻譯，也許就是出於
此種心情。二來馬克思主義文藝觀的創始人都不是
作家，他們對創作現象並無可以直接借鑒的論述，
於是各從自己的理解闡述創作現象，這也實在正常

11　錢杏邨《死去了的阿 Q 時代》，《太陽月刊》三月號，一九二八年三月。

不過。因為理論不但要解釋現象，最終還是要落實到文藝創作裏面來。「路線圖」的分歧很難說是關於正統「教義」的分歧，它實質上是新的文藝原理與本土創作實踐相融會相結合時發生的分歧。

三　主觀：胡風與延安批評家

　　胡風逝世前一年，也就是一九八四年《胡風評論集》出版之際，他最後一次回顧自己的批評歷程，寫下了長長的《胡風評論集後記》。他說，「從我開始評論工作以來，我追求的中心問題是現實主義（社會主義現實主義）的原則、實踐道路和發展過程。不久，我就達到了一個理解：現實主義的發展是在兩種似是而非的不良傾向中進行的。一種是主觀公式主義（標語口號文學是它原始的形態），一種是客觀主義（自然主義是它的前身）。」[12] 胡風最值得我們今天關注的理論建樹，其實並不是他一直高舉的「現實主義」大旗。他把所有不符合他心

12　《胡風評論集》下冊，第四〇七頁，人民文學出版社，一九八五年版。

中所期待的文學都斥之為非現實主義。如果遵循他的思路辨析什麼是他所說的真正的現實主義文學，那勢必落入到類似於對「教義」斟字酌句的窠臼。雖然他的自白是真實的，他畢生都在追求現實主義的原則和實踐，但我們終究很難從他所推崇的現實主義文學範本中認識他所追求的文學趣味的真義。他早期偏愛丘東平，認為丘東平對「藝術構成的美學特質」理解得最深，[13] 可是丘東平作品不多，犧牲也早，來不及展開全部文學才華。後來推崇路翎。他為路翎的《財主底兒女們》寫下少見的長序，第一句就推測小說的出版將會被證明是新文學史上的「重大的事件」。[14] 八十多年過去了，如果不能說它是小事，但也足以證明它算不上「重大的事件」。原因是文學成就不及胡風推崇的程度，他明顯過度激賞。胡風可能急於期待一個創作的範例來證明他

13　同上註，第一六三頁。

14　同上註，第九〇頁。

理論訴求的有效和正確。最符合胡風現實主義文學理念的文學範本可能就是柳青的《創業史》了。他晚年尚在獄中，得知柳青過世，在向獄方「思想彙報」時寫下《懷念柳青兼評他的〈創業史〉》。文很短，不足一千二百字。他對柳青文學成就的讚賞足見他過人的評鑒水準。例如，他認為《創業史》文學語言的藝術足當「現代作家中最卓越的成就」，而柳青的寫作「幾乎是完全憑歷史真實性說話，沒有被那些常見的觀念企圖所偽化，達到了讀者在敵、友、我的具體生活糾葛中受到情操鍛煉的藝術境界」[15]。然而，當他把這一切讚美為「真正現實主義的態度」之後，讚賞柳青「對農村舊勢力正視得太徹底」，而所謂「舊勢力」原來是富裕中農「發家」的「頑強性和狡猾性」，以及被「剝削階級意識俘虜的貧農」，甚至黨員的「發家致富」的「頑

15　《胡風全集》第六卷，第五九八—五九九頁，湖北人民出版社，一九九九年版。

　　　　　　捌　中國現當代文藝思潮與劉再復

強的欲望」。胡風並且推測這才是柳青悖逆文壇的時流和「文革」蒙難的真實原因。可是我們現在知道得很清楚，結論只有兩點。要不胡風一廂情願，柳青並非如胡風所言，胡風判斷失誤；要不兩人所追求的「真正的現實主義」在社會演變走到分水嶺的時候失去了歷史內涵，成為空洞的情感，就是說這種現實主義是缺乏歷史內涵的。

依筆者所見，胡風文學論的精華是他的創作論。他對作家作為拿筆寫作的人和寫作本身有異乎尋常的關注和見識。他不像僅僅關注文學的一般原理的理論家或評論家，凡事條條在前，寫作在後。他追求原理紮根於創作，在創作中融化原理。理解寫作這種特殊的精神活動始終是胡風第一位的論述中心。他曾說，「不理解文學活動底主體（作家）底精神活動狀態，不理解文學活動是和歷史進程結着血緣的作家底認識作用對於客觀生活的特殊的搏鬥過程，就產生了從文學的道路上滑開了的，實際上非使文學成為不是文學，也就是文學自己解除武

裝不止的種種見解。」[16] 按胡風的理解，如果作家不能理解創作中作家主體的精神活動，不按照它的要求來展開寫作，那寫出來的作品就徒具面目，沒有精神。寫作者的主觀作用決定着寫作的成敗。胡風創作論比之魯迅更深入一層，在於魯迅講到作家（即「革命人」）為止，而胡風則在寫作對象素材、題材與寫作者主觀之間的關係展開，他將此種關係理解為融合和搏鬥。後來胡風將創作中寫作者的主觀努力概括為「主觀戰鬥精神」。也正是由於此，他的論敵給他戴上反唯物論的主觀論帽子。這當然是對胡風極大的誤解。

「主觀戰鬥精神」說出現之前，胡風較早的說法是作家必須爭取與所寫的「對象完全融合」。他說，「什麼是和『對象完全融合』？那就是作者底詩心要從『感覺，意象，場景底色彩和情緒底跳動』

16 《胡風評論集》中冊，第一一二──一一三頁，人民文學出版社，一九八五年版。

更前進到對象（生活）底深處，那是完整的思想性的把握，同時也就是完整的情緒世界底擁抱。」[17]作者的感覺，取之為詩材的意象和場景，不能滿足於漂浮在生活的表面，而要來自生活的深處。這要求作者用全部身心和生命以飽滿的情緒擁抱對象才能做到。如果把寫作分成「寫什麼」和「怎麼寫」兩層，胡風是不怎麼在乎「寫什麼」的，「怎麼寫」才是他的論述中心。一九四三年，他的文學論述更加成熟了。胡風藉答作者問的方便，再次闡釋他的見解：「我相信題材都是你在戰地耳聞目見的，小民小兵們底英勇的故事。不過，儘管題材怎樣好，怎樣真有其事，像你有時來信所說的，但如果它沒有和作者底情緒融合，沒有在作者底情緒世界裏面溶解，凝晶，那你就既不能夠把撮它，也不能夠表現它的。因為，在實生活上，對於客觀事物的理解和發現需要主觀精神的突擊；在詩的創造過程上，

17　同上註，第一〇〇頁。

客觀事物只有通過主觀精神的燃燒才能夠使雜質成灰，使精英更亮，而凝成渾然的藝術生命。」**18** 這段話應該是胡風心平氣和正面闡述他關於寫作的「主觀論」最為清晰明暢的話。他主張所寫的故事、題材要和作者的情緒溶解在一起，兩者融合，彼此不分，主觀精神的突擊進入對象，才能淘汰生活的雜質，而煥發藝術的光芒。作家所以要在創作中進行「主觀戰鬥」，進行「肉搏」、「突擊」，與對象「溶解」和「融合」，胡風認為理由在於寫作的全部特殊性在於「作家是一個『感性的活動』，不能是讓客觀對象自流式地裝進來的『一個工具』，一個『唯物』的死的容器」**19**。

就像胡風自己意識到的那樣，與他的「主觀戰鬥精神論」相對峙的是他稱作教條主義公式主義和客觀主義這兩種根本抽離了作家主觀作用的傾向。

18　同上註，第三六二頁。

19　同上註，下冊，第三一八頁。

客觀主義是指只有「局部真實」但缺乏胡風說的「真正的現實主義」的自然主義傾向；而前者則指圖解概念演繹政策滿足宣傳的創作傾向。隨着胡風重慶時期在左翼文壇的位置越來越微妙，由不被理解到成為「問題」，成為被批評和懷疑的對象，他的辯駁言辭也越來越效法魯迅的尖辣文風，越來越具有鋒芒。限於篇幅，在此不一一引述了。透過那些辛辣的辯駁言辭，我們固然看到胡風遠超同時代左翼文壇中人的文學洞見，但也見得胡風對革命滔滔時代另一文學「路線圖」缺乏了解。他本着論述的不同純屬是非對錯的認知，二者必居其一，故抵死不屈，論辯到底。其實不同「路線圖」背後的複雜性，遠遠不止是非對錯這一層含義。其中有是非，也有超出是非的歷史內涵。這樣說並非責備胡風，而是後設看歷史給予筆者的啟示。

　　肇始於革命文學論爭的左翼文學內部「路線圖」的不同，是受制於中國現代革命這個大潮流的，雙方所代表的文學趣味和傾向都是這個大潮流裏面

歸屬筆桿子的分支。大潮流在不同階段的屬性會深刻地作用於比它更小的分支。在胡風登上左翼文壇的抗戰和解放戰爭階段，革命大潮流的根本目標是全國的勝利，求生存求勝利優先於其他所有訴求，也壓倒其他所有屬於分支的小目標。胡風所追求的「真正的現實主義」的左翼文學期待，毫無例外地屬於小訴求，而小訴求的合理性不能不讓位於根本性的目標。在這種視野下，如果問胡風所不能贊同的教條主義公式主義創作作為同屬左翼文壇的另一種小訴求是不是也有助於求生求勝的革命大潮流，則不能不下一肯定的斷語。儘管教條主義公式主義寫作最終會傷及於文學，但在給定的時間空間內，不能不肯定它對於大目標的積極作用。這或許也就是宣傳文學、教義文學、口號文學屢生不絕的理由。站在更高的文學趣味立場固然可以斥之為不是真正的文學，可是究竟它們都是適時適地的歷史存在。既然要捲入革命的大潮流，既然不能將文學與革命脫軌，則或遲或早終究要出現革命與文學的悖論。

而所有置身於左翼文學的人，不論持何種立場，都要面對此一悖論。

　　口號文宣式和教條公式化的文學的確是左翼文壇被詬病的注目現象。魯迅當年就嘲諷過創造社「打！打！打！」「殺！殺！殺！」的文學，然而它們卻不絕如縷，隨着抗戰和根據地建設的推進，顯出日益壯大的跡象。與其說是理論不當使之然，不如說它們也是順應革命之勢，存在其自身的合理性。革命的文學為求生求勝所驅促，動員大眾喚起青年的功能是要充分發揮出來的，文字的長遠價值定然退居次要的地位。作者即使未必意圖如此，格於形勢，自動便向應時應景傾斜。如此一來，題材、人物便上升到至關重要的地位。因為文字所訴諸的直觀面目最能配合應時應景的要求。胡風所主張的不憚於寫小人物「精神奴役的創傷」，「哪裏都有生活」，引起來自延安的理論家的強烈批評，原因便是題材對於時空被高度壓縮情景的寫作具有決定性的價值。如果所寫是揭出國民「精神奴役的創傷」，

所寫的不是根據地解放區的光明面，要達到配合特定時期政策的目的，無論藝術價值有多高，終究是略欠一籌。何其芳就比胡風遠為敏感，他認為胡風關於生活和題材的言論背離《講話》的精神，其根據就是「生活和題材的差別並不是不重要，而是有關革命文藝的新方向的重要問題之一」[20]。胡風將「怎麼寫」擺在創作的優先位置，而何其芳卻將「寫什麼」置於第一位置。這個看起來的創作論爭議反映了左翼文壇不同的創作「路線圖」的不同訴求，反映了他們對文學的不同期待。站在文學配合革命大目標的立場，視「寫什麼」為第一義，不但簡單易行，明白曉暢，而且更能羽翼革命，達成目標。至於遠離了文學的真義，在求生求勝的壓力下，當然在所不計。

在「路線圖」分歧出現的時候，理論認知的意

20　何其芳《現實主義的路，還是反現實主義的路？》，《何其芳文集》第四卷，第三八九頁，人民文學出版社，一九八二年版。

義是主要的，有道是真義越辯越明。不過事情很快就起變化了。左翼革命的潮流不單是理念、思想，而且也是勢力，隨着全民抗戰興起，革命力量在延安站穩了腳跟，並且由革命領導人將文藝問題形成權威論述。胡風對自己的理念一意堅持，塑造了自己「落伍」的形象。形格勢禁，胡風越堅持，就越需要道德的勇氣。全國解放前夕的一九四八年，他完成最後一次對自己文藝思想的正面闡述，取名《論現實主義的路》。這本小冊子有一個很有意思的副題——「對於主觀公式主義和客觀主義的、粗略的再批判，並以紀念魯迅先生逝世十二周年」。胡風雖然未曾明白說，他的小冊子潛在的對話對象，其實就是《講話》。儘管他閃爍其辭，但理論的鋒芒還是不難了解的。革命的大潮流這個時候正在越過激情飽滿動人心魄的階段而成為一部帶着自己全部慣性的機器，胡風的一廂情願就越發顯出格格不入來。果然，胡風的「主觀戰鬥精神」論四年之後

就被戴上「反馬克思主義的文藝思想」的帽子，[21]
而他自以為的「現實主義的路」，做夢都想不到恰
好被轉義成「反現實主義的路」。

---

21 林默涵《胡風的反馬克思主義的文藝思想》，《文藝報》一九五三年第
　　二期。

四　主體：劉再復與僵化文學觀念

　　建國後文藝的格局完全不同了，然而對待文藝創作有歧異的不同「路線圖」依然傳承下來。五六十年代出現過被視為「歧異」的批評聲音，如錢谷融「論文學是人學」、「寫中間人物」等，可惜都是一鳴即止，未如劉再復八十年代在「文學研究思維空間的拓展」大氛圍下提出的主體論那樣具有理論的全面性、徹底性與影響力。要理解主體論和圍繞主體論的爭辯，筆者以為有兩個背景是必不可少的。

　　整個八十年代「文學研究思維空間的拓展」潮流是在「文革」結束後中國共產黨內反思兩個「凡是」樹立實事求是思想解放路線的大背景下出現的。黨內的反思既是思想性的，也是政治性的。思想性的那一面，有利於開拓空間讓文學和批評理論踏足

以往未曾踏足的命題和領域；而政治性的一面，則制約和決定着思想解放的程度。政治的那一面就像保險絲提供給電壓變化一個極限一樣，保證思想的探索不越過可以耐受的限度。中國當代史這個節點的出現，與中國歷史上禮崩樂壞王綱解體情形下的百家爭鳴有根本的不同，它本質上是檢討「文革」極端路線重新確立治國的再出發方向下探索期的產物。當這個探索期結束，思想解放也就告一個段落。從政治的一面說，思想解放是為了改革開放政治路線的確立，可見連思想運動都要從屬於這個最大的政治，文學乃至理論批評當然也只能是託庇於這個大背景之下，是這個大背景下的小細流。政治大背景的走向決定着思想理論探索的走向，當政治大背景的走向在八十年代末期戛然而止的時候，思想的探索也戛然而止就是順理成章的了。筆者相信劉再復本人對此也是始料不及的，所以主體論也是處於未完成的狀態。

其次是與建國後文藝格局的變動有關。既然在

現代革命的過程中形成了軍事戰線和文化戰線，就意味着文藝是整個革命機器的一個組成部分。在軍事鬥爭未曾完成的年代文藝戰線尚存在「各自為戰」的狀況。胡風的理論就屬於某種程度的「各自為戰」，然而建國後這種憑藉自主革命激情來界定文藝與整個大格局關係的做法不以人的意志為轉移地變得越來越沒有生存的空間，而通過統一的意志和組織來進行按部就班式的文藝工作變得越來越普遍化。就像韋伯討論「以政治為業」時指出有「為」的方式和「靠」的方式那樣，「『為』政治而生存的人，從內心裏將政治作為他的生命」，而「力求將政治作為固定收入來源者，是將政治作為職業，『靠』它吃飯」。[22] 將韋伯所說的政治一詞換作文藝，大致情況不差。這是一個社會從動盪進入建設的理性化使然，從前是「為」文藝而生存，如今卻逐漸

22　韋伯《學術與政治》，馮克利譯，第六三頁，北京三聯書店，一九九八年版。

變成「靠」文藝而生存。整個文藝格局存在一個從「為」到「靠」的轉變。一方面是加強全域秩序的需要使文藝日益脫離創作者自主性的努力進而依賴更加詳細的寫作指導意見。這種寫作的指導意見更在「文革」中發展到登峰造極的「三突出」原則。筆者還記得有句話形容當時的創作，叫做「領導出思想，群眾出生活，作家出技巧」。另一方面，文藝也日益具有衣食飯碗的意義。組織化所能提供的地位、聲望、榮譽源源不斷的供給，吸引了潛在的作者前來，為如何落實新時代寫作的指導意見提供有效的物質保障。兩方面的作用合成的結果就是創作變成了王國維當年說的「羔雁之具」。建國後近三十年裏大部分作家都浸潤在這個大的趨勢中，所作與舊文人的應酬幾無兩樣。過去是應無聊之酬，如今是應「革命」之酬。只有很少作家由於個人的機緣獨自選擇寫作道路而有所成就。像趙樹理堅守鄉土立場，寫出《三里灣》；像柳青在長安皇甫村落戶十四年寫出《創業史》第一部；像老舍從歷史

的回望中產生靈感寫出《茶館》。這個建國後形成的文藝大格局讓有文藝追求的作者如同置身囚牢之中，無從動憚。也正所謂物極必反，「文革」結束，昭示着否極泰來。而當時文藝的大格局和建國以來的種種教訓，深刻地影響着日後文藝批評理論的探索。

待劉再復探索新的批評理論之前，承繼被胡風認為教條和公式主義的左翼內部文學「路線圖」已經發展起完備的批評和創作理論了。這個理論的哲學基礎是反映論。由意識反映存在，而文藝是意識形態之一，故它反映社會存在。文學又是怎樣反映的呢？作為文藝的特性和創作的核心那就是用典型的形象，因此作家塑造出典型環境的典型人物，就能夠正確反映社會存在。怎樣寫出典型環境的典型人物呢？那就要遵循「三突出」的創作原則。很明顯，哲學基礎是這理論的前提；典型論是第二層，針對着文學的訴諸感性的特徵；「三突出」原則就是寫作的技巧論。這套理論是高度成熟的，既可以批評，又可以用於創作。一句人物形象不典型，不

能正確反映社會關係或階級關係，小則被戴上唯心主義的帽子，大則上綱上線，這是建國後近三十年文學批評和創作的常見生態。如是單論對文學的認知，這套理論的別個論點未嘗不有幾分道理，但從創作實踐的角度看則完全失敗。

由此我們看到，與胡風單論創作不同，劉再復的主體論也從哲學前提出發，提出不一樣的哲學前提與之論辯。因為純粹論創作問題，可能陷於細枝末節，不能從根本上對話。反映論的重心在物，主體論的重心在人；反映論的重心在對象，主體論的重心在主體。由以物、以對象為重心轉移至由人、由主體為重心論文學，這是一個根本立足點的轉移。劉再復認為：「我們的文學研究應當把人作為主人翁來思考，或者說，把人的主體性作為中心來思考。」《論文學的主體性》開宗明義，設想「構築一個以人為思維中心的文學理論與文學史研究系統」。劉再復的這個理論雄心，要比五十年代錢谷融「文學是人學」的說法高遠很多。雖然「文學是

人學」論也是針對文學反映論的。錢谷融明確說到，文學是寫人的，不是反映社會生活的。然而在不同於五十年代的社會條件下，文學是人學的命題需要深化，需要放在牢固的哲學基礎上進行再論述。而劉再復文學主體性的理論可以看作是文學是人學論題的深化，劉再復自己也是這樣看的。實際上文學主體性理論比文學是人學深入了一大步。畢竟有康德的批判哲學做基礎，它給主體性概念在文學領域的展開提供思想的保障。康德哲學的出現恰當歐洲哲學思考以神為中心轉移到以人為中心之際，而八十年代中國社會則處於由機械唯物論和僵化反映論以物為中心到思想解放多方探索以主體為中心的關鍵時刻，主體論的思考方式出現可謂恰當其時。[23] 它由哲學領域出現，經由劉再復的論述伸延至文學領域，構成思想與文學兩個領域的相互呼應。主體論

23　李澤厚《批判哲學的批判·康德述評》初版於一九七九年，一九八四年修訂。

不但哲學基礎牢固而可資借鑒，而且有極強的針對性和可延展性。從這個根本概念出發可推演出包含廣泛的命題。

文學主體性理論有三個構成部分，或者說它朝三個方向伸延論述。「即：（一）作為創造主體的作家；（二）作為文學對象主體的人物形象；（三）作為接受主體的讀者和批評家。」筆者覺得，這三個伸延論述最有創意和針對性的是前面兩個。它們包含了對重大理論問題的思考，這些思考達到了「正統」所能容許的極限。在對象主體性的部分，劉再復實際探討的，簡言之即人是什麼？理解文學而回到這個最初的原點似乎「倒退」太多，但數十年來胡風所稱公式教條主義大行其道，弊端固然出在文學，但思想的根子卻不是文學而是哲學。劉再復敏銳看到這一點，這才是他回到原點的原因。以往理解人的出發點是馬克思那句著名的話，「人是一切社會關係的總和」，並奉之為圭臬，於是社會關係就定義了人。對作家表現的人來說，寫出種種表徵

「社會關係」的事物，如社會力量的對比、階級關係、階級衝突等，就算是寫好了人。落實在寫作上，則將人分類定格，如「正面人物」、「反面人物」、「英雄人物」、「落後人物」、「中間人物」等等。所有這些貼標籤的幼稚做法，劉再復將之總括為「主體性的失落現象」。其根本缺陷是取消了「以人為本」，轉而「以物為本」。人的豐富性、自主性、自由等都在馬克思主義的旗號下統統被抽空了，人的所存，僅剩空名，人轉義而為物。劉再復認為，這一切的原因是教條式地理解了馬克思，選擇性地忘記了馬克思關於人是「自為的存在」、「有意識的存在物」的思想。站在今天的角度也許有人會問，既然根本出在哲學，那論辯在當時的條件下就不得不圍繞一個實際上的死結：究竟什麼是馬克思的真義？徵諸建國後歷次思想的爭論，被視為具有「異端」性的一方一旦被如何理解「教義」所纏繞，則其命運大體就被決定了。因為無論怎樣的思考，其前提一旦出自「教義」，則關於什麼是某種「教義」

的準確含義，就不是思想論述本身所能單獨決定的，它必然牽涉解釋權。誰握有「教義」的最終解釋權？於是，我們看到，劉再復倡導的文學主體性理論，其實是將自身置於進退兩難的不利處境。他在這裏明明知道，他挑戰的不僅是思想觀念，而且也是「教義」；他拿起的批判武器也同樣不僅是思想觀念，也被看作挑戰「教義」。他做到了當時能做到的極限。正是在這個複雜的局面裏，我們看到劉再復的道德勇氣。因為關於解釋權，他實際沒有多少勝算。解釋權是被更大的政治氛圍和政治選擇決定的。這道橫梗他不可能不知道，正因為知曉而擔當，這就是人在一定歷史條件下本於道德勇氣而對社會進程的推動。所以對於文學主體性理論的價值，不能糾纏細節的論述，比如究竟怎樣解釋人才符合馬克思的原意；「以人為本」是不是太欠缺現代性；既然講主體，主體間性放在什麼位置；等等。筆者以為，看一個思想命題的價值，還是要看它對思想的釋放作用，還是要看它對當時社會發展的推

動作用，糾纏於枝節是意義不大的。

反映論最初作為認識論用在解釋文學作品的內容，它確乎有幾分道理。但隨着革命力量的壯大，反映論用於文學實踐，帶來了嚴重的問題。這就是劉再復指出過的，「我們不能因為反映論哲學觀的歷史合理性和理論合理性，便把建立在其上的現實主義文學理論凝固化和片面化。」[24] 反映論凝固化和片面化最主要的表徵是人從心物二元對立中消失了。反映論的基礎是心物二元對立論，而作為實踐命題的人在這二元對立的圖式中被取消了。正如劉再復說的，反映論「始終無法真正認識人在世界上的位置」。反映論也承認人的主觀能動性，但這種能動性也是在認識的範疇內起作用的。離開認識論範疇，主觀能動性不起作用。對於「文革」過後的百廢待興，認識倒在其次，實踐是更攸關的。也許由於這種原因，主體論在哲學領域處於只聽樓梯響不見人

24　劉再復《論文學的主體性（續）》，《文學評論》，一九八六年第一期。

下來的狀態，而在文學理論批評領域則異軍突起，影響所及比之哲學更為廣泛，就是因為它在文學領域更有針對性，更為適合文學訴諸感性的特點。文學的對象本來就是人，人所具有的豐富性，包括其實踐主體和精神主體的地位、心靈世界的廣度和深度，能否在文學作品裏呈現是創作成敗攸關之所在。以往文學實踐的挫敗根源上是對人的理解的挫敗。劉再復將左翼文藝運動以來，特別是建國乃至「文革」以來文學實踐的失敗歸結為「主體性的失落」是十分恰當的。失去了人的豐富性的文學，只剩下階級、敵我的標籤，這樣的文學只是標籤的文學。

主體論伸延出來的創作主體論或稱作家主體論本質上是思辨或哲學的創作論，這是劉再復提出主體論的一個大特色。劉再復沒有太多探討作家拿手稱雄的「能事」，即創作的構思、技術問題等，這部分內容他歸之為「實踐主體性」。他重點討論的是「作家內在精神世界的能動性，也就是作家實踐主體獲得的內在機制，如作家的創作動機，作家在

創作過程中的情感活動等等」，劉再復稱為的「精神主體性」。[25] 這個思路很顯然區別於胡風的主觀論。胡風批評理論的精華即集中在論述作家與所寫題材人物的關係，指出作家需要與之「肉搏」、「燃燒」、「融合」，很像劉再復輕輕放過的「實踐主體性」。我覺得，劉再復所說的作家精神主體性，更像是論述作家應該有什麼樣的人格精神的境界，是一種在新的歷史環境裏的作家人格精神的境界論。他的人格精神境界論最為強調的是作家主體精神的超越性。

在具體展開論述的過程，劉再復借用了馬斯洛的「需求理論」。馬斯洛將人生需求的最高層次定為「自我實現」，所以劉再復也就予以借用了。實際上不借用也行，要是不借用，就可以不著可有可無的個性主義的痕跡。因為講到底，作家的人格境界可以是純粹個性主義的，也可以是將個性主義包

25　劉再復《論文學的主體性》，《文學評論》，一九八五年第六期。

涵在內但非純粹個性主義的。僅僅將作家主體性的實現定義為「自我實現」，似乎語辭不能盡道其所包含的豐富意蘊。從這個角度看，劉再復的補充論述，認為創作實踐應當追求超常性、超前性和超我性，就十分必要而且合理，體現了理論家的敏銳和洞察。劉再復認為，作家要想讓創作次第升華，邁向更高的境界，首先要「超越世俗的觀念、生活的常規、傳統的習慣偏見的束縛」。其次要追求「巨大的歷史透視力，能超越世俗世界的時空界限」；然後當追求超我性。在這裏劉再復對來自馬斯洛的詞彙「自我實現」進行了重新定義。超我性意義上的自我實現不是將一切歸於自我，「自我實現是為了實現自己的理想力量、智慧力量、道德力量和意志力量。為了實現自己這些主體力量，作家不承認外界的偶像，包括不承認自我的偶像」。[26] 掙脫了自我偶像的超我性，被劉再復最終理解為「超越封閉

26　劉再復《論文學的主體性》，《文學評論》，一九八五年第六期。

性自我的大愛」。他在文中使用「使命意識」和「憂患意識」來形容詩人作家的超我性，認為這才是「古今中外優秀作家最核心的主體意識」。聯想到哲學家馮友蘭用「天地境界」來命名人格修養的終極澄明，劉再復此處所探討的作家精神主體性，已經與此有異曲同工之妙了。

現代文論自王國維之後，創作者的精神性內涵，已經久不討論了。它作為一個命題，在文學理論領域漸次消失。自左翼文學興起，在現代革命大潮的背景之下，它蛻變為作家的世界觀問題。然而經此蛻變，其含義完全顛覆。轉義為不是在人格精神境界的脈絡下探討其內涵，而是在世界觀改造的脈絡下如何讓作家轉變立場。可以說命題和含義都完全南轅北轍。在這種精神氛圍之下，作家的人格越來越萎縮、卑微，乃至失去其精神靈魂。建國後能突破這個框架的作家鳳毛麟角，更多的作家剩下的是為「政治」服務的「技巧」，成為文學領域的「匠人」。這個作家在當代的「匠化」現象，是當代文

學最嚴重的失敗，也成為當代文學史上的嚴重問題。劉再復的文學主體論少談作家的「能事」，多論作家的人格精神境界，其實是有很強針對性的，很有必要。期待結束這個「匠化」現象，是他感受的社會時代的使命。他關於作家精神主體的論述是當代重拾源遠流長的作家人格境界論命題的第一人，其深度、廣度和針對性在同時代都無人出其右。

《論文學的主體性》發表之後，隨即引起激烈的論爭。論爭沿着從思想的論辯向政治意味濃厚的方向演變。到了一九八九年社會氣氛已經變得不再適宜做類似理論探討了，倒是劉再復本人心有戚戚。他在海外寫了長文《再論文學主體性》，回答了別人對他的責備，解釋了他的理論用心，並且補充了他後來認為不夠完備的若干論述。因為將主體問題引入文學，作為一個批評的立足點是一回事，作為建構新的文學理論大廈是另一回事。劉再復當初致力的，應該是後者。但是這樣做會產生新的問題：主體這個概念究竟能不能達到如此高的提綱挈領的

程度，產生出統率性的效果？疑問歸疑問，劉再復本人卻是一如往昔地努力，我們可以看到他鍥而不捨的頑強精神。他通過擴展主體的概念，讓它產生更大的適應性，以涵蓋文學領域更多的問題。例如他在「創造主體性」部分論述了「藝術主體對現實主體的反抗與超越」問題；他在「技巧的追求」部分，提出了「詩與小說文本中顯主體和隱主體的反差與變幻」問題。[27] 這些理論的努力都看得出他將主體概念伸延到更具體的文學藝術的特殊性中的用心，按照主體的邏輯構想一個新的理論大廈。主體論的探討意外遭遇一個更大的理論背景，即歐洲後現代主義思潮戰後興起而在八十年代重開國門時傳播進來。於是後現代理論思潮所針對的歐洲啟蒙時代所建立的理性大廈在中國毫無差別地被當成針對包括主體論在內的所有正面的理性建樹觀點質疑、

27　劉再復著、沈志佳編《再論文學主體性》，《文學十八題》，中信出版社，二〇一一年版。

責備乃至嘲諷的思想資源，應該說這也是導致主體論未能突進，文學主體性理論最終處於「未完成」狀態的思想背景的原因。後現代思潮至少在理論上是「只破壞不建設」的東西，它在中國百廢待興的時期披靡一片，因兩者的時空錯位而對中國亟需的理論探索和建設產生了消極解構作用，這是一個思想的不幸。

五　分歧的解釋：
作家本位與總體性理論

　　洪子誠對現代文壇格局有一個觀察：「在中國文學總體格局中，左翼文學成為具有影響力的派別，在三十年代就已開始。到了四十年代後期，更成了左右當時文學局勢的文學派別。」[28] 這個判斷無疑符合事實。左翼文學發生於五四「文學革命」之後的「革命文學」及其內部爭論，隨着現代革命的興起而日益獲得文壇的影響力而成為主流，又隨着開國建政，左翼文學的潮流也最終統合成建國後文藝。過去對於這一文學潮流的發展多從外部的視角入手，探討它與其他對立的文學思潮的鬥爭。即便

28　洪子誠《中國當代文學史》，第九頁，北京大學出版社，二〇〇七年版。

是建國後，這種外部視角也得到了延續，將本來屬於內部性的分歧處理成敵意的性質，例如一九五七年對錢谷融文學是人學觀點的批判。其實當我們將左翼乃至建國後的文學潮流處理成一個自成系統而在現當代史上綿延推進的文學潮流之後，它的內部性分歧和爭議的激烈程度，毫不亞於它的外部性分歧和爭議。它的內部性分歧和爭議一樣貫串由始至終。上文簡單清理的魯迅與創造社、胡風與「延安」、劉再復文學主體性理論三次算是重大的分歧爭議就是標準的樣本，它們產生於二十世紀二十年代末、三十年代末至五十年代初期，以及八十年代。這向我們提出一個解釋的難題，同一文學思潮的內部何以發生如此激烈的觀念對峙？其原因是什麼？外部性的視角雖然方便，但顯然回答不了這問題。所以有必要換一個視角，從內部性的角度來觀察這個現當代文藝思潮史的現象。

二十世紀二十年代的時間節點是社會環境異常殘酷的時間節點，恰好這個時候「科學的文藝論」

　　捌　中國現當代文藝思潮與劉再復

在中國土地傳播和生長。從它的生長伊始實際上它就從屬於興起中的革命運動，它是整個中國現代革命的一個組成部分，無論參與到其中的人的主觀願望如何，都不能改變這個革命實踐格局形成的狀況。中國現代革命就像廣納百川的巨流，左翼文藝不過是其中的支流。作為文藝不加入則已，一旦加入就只能在巨流中體現自身。文藝是諸陣線中的一個陣線，就像其他任何陣線一樣，它只能從屬並服務於勝利的總目標。這個基礎一旦奠定，其慣性就一直延續下去。儘管進入建設時期之後，文藝的生長環境大為改觀，但是一來戰爭形成的慣性，二來也是「科學的文藝論」的總體性要求，它被視作社會意識形態的一個組成部分。文藝是整體革命事業中的一個組成部分這一點始終沒有改變。這個總的背景引致兩個問題，它們都與上文所說「路線圖」的爭議有關，既是「路線圖」爭議的根源，也是爭議長期存在的土壤。這兩個問題是：對作家和創作的特殊性欠缺關注和認識；存在強大的推力使文藝

落實為具體目標的工具。

　　前述所論不同時期三次「路線圖」爭議可使我們觀察到非常有意思的現象，魯迅、胡風和劉再復都有一個共同的身份，他們是作家。這一點對了解他們的看法很重要，很顯然他們的觀點裏都或明或暗地顯示了作家的立場，或者說他們都是站在作家本位如何更有利於推動創作的角度闡述其觀點的。魯迅的「革命人」雖然很難說是創作論，但卻是一針見血點出革命文學創作的根本和總綱。魯迅立論的基點在作家，這是一目了然的。胡風的現實主義文學論的核心——主觀論，其實就是他心目中左翼文學的創作論，他最有理論價值的「主觀戰鬥精神」說，談的就是怎樣寫作。劉再復的文學主體論，其正面樹立的精神主體論、超越論，本質就是作家的人格精神境界論，無疑更是創作論。劉再復對作家精神主體境界的關注和論述更與魯迅「革命人」的說法相隔超過半個世紀而遙相呼應，有異曲同工之妙。作家更關心創作，也更懂創作。古人將之稱

為詩人的「能事」。所謂「能事」就是專擅之事。凡是專擅之事就意味着有他人所不能或他人所不擅的地方。左翼文學，既稱文學它同樣也存在他人所不能或他人所不擅的地方。但恰恰是這重要之處，在革命文學觀念傳播生長的時候，並非所有認同其基本觀念的人都能給予足夠的尊重和關注。文學因其訴諸感性形象、情感和趣味，有更多的讀者、觀眾和聽眾，無論革命時期還是建設時期都有宣傳人民鼓舞人心的任務，「筆桿子」的價值不容小覷，然而這種對文學的作用有多少是取重於它的宣傳價值，有多少是出於推動文學在新的革命和建設環境下的發展，事實看來恐怕還是前者居多。這裏我們明顯看到兩種相互區別的出發點：宣傳的出發點與作家創作本位的出發點。雖然雙方都在相同的文學陣營，都期待推動左翼文學，然而出發點卻不一樣，甚至大相徑庭。然而，兩者都是長期存在，貫穿於現當代整個歷史過程裏。於是我們就會看到，圍繞着怎樣推動和建設符合理想的文學產生了激烈的分

歧和爭議。雙方都認同革命文學的總體目標，但一講到文學的細處就截然不同。站在宣傳的角度就有宣傳的講法，站在作家創作的角度就有創作論的講法。不過今天我們知道得很清楚，站在宣傳角度的見解離文學較遠，而站在作家創作角度的見解，更符合文學的本性，離文學更近。前者貢獻於文學的甚微，而後者對文學的貢獻較大。

馬克思主義文藝觀或稱「科學的文藝論」從根本上說是總體性特徵強烈的文藝論，這與前馬克思主義文藝論存在根本差異。文藝論只是理論大廈的一處小房間，這個小房間是從整個理論大廈的棟樑支柱大結構合乎原理地構築並伸延出來的。馬克思主義的哲學觀、社會觀、歷史觀很自然成為其理論的前提，文藝論只是這些前提原理的合乎邏輯的推衍和發展。通觀其發展史，最初是一些片斷的論述，隨着革命運動逐漸深入，理論的伸延和細化都得到了擴展，但是也能觀察到，理論的運動一面是伸延細化，另一面卻是由不斷地回歸，回歸到那些根本

提前和原理中去。這種在實踐中一面伸延又一面回歸的傾向是為其總體性特徵決定的。因為任何大提前的推衍最後都必定印證了前提的合理性，這是理論系統總體性的要求，也是總體性的體現。這樣，在馬克思主義文藝觀的發展歷程中，一方面存在着空間細化的伸延，另一面存在向着哲學觀、社會觀和歷史觀等大原理的回歸運動。因為只有不斷的回歸才能最終判定所有伸延是否合乎其大原理。伸延向外，回歸向內，雙向的理論運動成為任何總體性理論的生命。一旦這種雙向運動停止，總體性理論的生命也就終結。可能的伸延空間吸引着認同革命理念的批評家和作家，尤其是那些體驗到寫作甘苦的人往往就朝向作家本位的方向論述，但是這些論述又被來自相同陣營而又沒有多少創作體驗的人朝向回歸的方向質疑為是否離開基本原理。魯迅之被封為「封建遺老」，胡風之被批評為「主觀主義」，劉再復之被質疑為「關係到馬克思主義在中國的命

運，關係到社會主義文藝在中國的命運」，[29] 都屬於這種情形。當理論的回歸傾向藉助於政治力量的定性，見解的分歧就不可避免上升為冤案和悲劇，正像我們在「胡風事件」中所看到的那樣。如果今後能夠健全機制，使得理論的分歧和爭辯不再上升為政治層，「科學的文藝論」所特有的總體性，無論是伸延細化的空間和它的回歸傾向，對文藝論的豐富和發展其實都是有益處的。

左翼文學成長於政治動員氣氛濃厚的年代，直到建國後文藝思想鬥爭的氛圍得到了延續，因此文學宣傳的角色總是能夠得到極大的支撐，也就是說總是存在現實的需要，讓文學站出來為宣傳兩肋插刀。實際上，左翼文學從倡導革命文學和翻譯「科學的文藝論」開始，就形成了文壇的大格局。這個格局有兩個來源，上海文壇的左翼文學實踐和翻譯是其一，還有一個來源就是根據地的戰地文工團

29　陳湧《文藝學方法論問題》，《紅旗》，一九八六年第八期。

　　　　捌　中國現當代文藝思潮與劉再復

的文藝實踐。而延安文藝則是這兩大傳統的匯合而成。左翼文藝實踐探討較多，而根據地文工團的文藝實踐討論不多。因為戰爭場合很多文藝快報、演出、街頭劇等沒有記錄下來，它們旋生旋滅，文藝上的持久價值不足。但是戰地文工團傳統的形成代表了強大的力量塑造文藝的面貌。它們所強調的宣傳性、功利性、政治性都是對文藝的強大的現實需求。這個現實需求轉化為文藝觀命題的時候，作家的角色往往就退居到次要的位置，而題材、人物和故事上升到第一位，彷彿作家只是一個提供落實意圖的技巧工具，而題材、人物和故事才能夠被賦予最明確的革命文學表徵。於是在文學實踐中，「人」的因素往往被「物」的因素壓倒。批評家是站在「人」即作家一邊，還是站在「物」即題材、人物和故事一邊，就成了分歧的界線。比如，錢杏邨認為《吶喊》、《彷徨》已經過時，理由就是題材陳舊，中國

的農民大眾已經「反抗地主，參加革命」了。[30] 胡風提出作家寫勞苦大眾，當寫出他們「精神奴役的創傷」。胡風的看法延續五四文學的現實主義傳統，卻長期受到來自延安批評家的詬病。歌頌還是暴露，也長期成為一個帶有禁忌色彩的問題。不可否認，題材、人物和故事在落實創作意圖的時候有一定的重要性，就算是為了宣傳，也未可厚非。但是也要明白，當將題材、人物和故事視作完成創作的第一要務，其創作必定離文學更遠。建國後實際上是越來越加速走上輕視創作中的作家主體的因素，重視題材、人物和故事等「物」的因素的道路，其結果便是文學的路越走越窄。「八億人民八個戲，魯迅走在金光大道上」，這就是建國後文藝實踐的慘痛教訓。中國現當代文藝思潮上的論爭，儘管在相同陣營的內部都帶上了攻訐、上綱上線的色彩。戰爭和人為鬥爭造成的環境因素是一個重要的原

30　錢杏邨《死去了的阿Q時代》，《太陽月刊》三月號，一九二八年三月。

因，甚至分歧的界線劃在以「人」還是以「物」的邊上，都與這個文藝論生長的社會環境緊密相連。當強大的推動力存在讓文學成為落實具體政策目標的工具時，作家不得不失去他創作的自身主體性，題材、人物和故事被提到第一位。那些不能認同這一做法的批評家便再次站出來強調「人」的因素。是「人」還是「物」就成為了文藝思想分歧的軸心。歷史的一頁雖然已經翻過，但教訓仍然值得記取。

王德威《五史自傳序》讀後

剛好一個月前，我接到《華文文學》編輯的電郵，說雜誌第四期有「印刷錯誤」，決定回收，請予配合云云。由於沒有保留雜誌的習慣，於是也不以為意，只是不知道什麼「印刷錯誤」導致已經發行的雜誌需要回收處理。後來才知道該期雜誌刊發了哈佛大學教授王德威給劉再復《五史自傳》寫的序文——《山頂獨立・海底自行》，是這篇文章惹出來的禍。據聞編輯還因此受到處分。學術刊物刊發海外學人的文章，自二十世紀八十年代國門再開、改革開放以來，已經司空見慣。我那時尚在讀書吸收知識的階段，從這種自由和開放的風氣中受益匪淺。按說只要不是直接抵觸國家的大政方針，其他也就屬於不同看法，容許在學術的範圍內存在不同的理解。既然這篇序文引起如此軒然大波，於是便找來一讀。讀罷覺得其實是好文章。王德威文采飛揚又提綱挈領，刻劃劉再復這數十年來的心路歷程，道出了這位出自中國大陸的傑出學者和散文家真正不同凡響之處。給一篇序文戴上那麼大的

帽子，如果不是出於毫無道理的誤解就是小題大作了。

　　王德威深諳中國文學批評的傳統。他的這篇序文用知人論世的筆法，知劉再復其人，論劉再復所處之世。他從「告別革命」、「放逐諸神」、「文和心的空間」三個方面勾勒劉再復的人生軌跡和思想變遷。因為劉再復的人生軌跡經歷了中國當代史上最為劇烈的事變，他的人生也由此斷然判為兩截。一在國內，一在海外。其中的隱微、曲折和劉再復的大無畏，被王德威用直言無諱的筆觸宣達出來。不能被接受的片辭和看法導致了序文在《華文文學》牽起了波瀾。其中最大的公案就是一九九五年發表的與李澤厚兩人的談話錄《告別革命》。這書目前還是禁忌，兩位作者的本意遭受重重誤解以致不能見容於時論，甚至戴上「歷史虛無主義」的帽子。這真是令人啼笑皆非的文冤。

　　《告別革命》是嚴肅的反思之作，它針對中國當代史特別的歷史階段而提出「告別革命」的思想。

「告別革命」中的「革命」，其實是類同於文化大革命人為階級鬥爭的同義語。進入二十世紀六十年代，主要由於毛澤東的「三分錯誤」，更兼「四人幫」推波助瀾，將人為的階級鬥爭發展為「繼續革命」理論，「文革」中為禍非淺，給國家造成深重的災難。這條思想路線用當時的話說，就是以「階級鬥爭為綱」的思想路線。李澤厚、劉再復要告別的是這種「革命」，換言之他們要告別是一切「以階級鬥爭為綱」的做法及其意識形態。其實，觸發中國學者思考這個大是大非問題的，恰好是七十年代末八十年代初思想解放、改革開放的大氛圍。一九七八年末召開的中國共產黨十一屆三中全會明確宣佈，停止使用「以階級鬥爭為綱」的錯誤口號，號召全黨工作重點「轉移到社會主義現代化建設上來」。國家戰略和路線方針的轉移與學者的思考處在相同大脈絡，兩者的精神是相通的。有行之者在前，方有言之者在後。一九八一年中共中央《關於建國以來若干歷史問題的決議》判「文革」為「不

是也不可能是任何意義上的革命」。如果這種將階級擴大化到所有人而貼上革命名號的所謂「革命」都不能告別，那不僅理論上荒唐，而且也不可能有後來經濟建設的成就。國家路線的改變是「終審定讞」，不爭論，這是可以理解的。但學者的探討卻要厘清脈絡、源流。因為對挫折所導致的前因後果有了個說法，理智清明了，至少有機會避免相同或類似的問題在現實層面再次出現。《告別革命》正是在這樣思慮基礎上產生的。這是兩位作者為國家好，出自一片至誠和苦心，無論如何都不應該構成他們被戴上各種帽子的理由。

在回溯當代史挫折的深層原因時，李澤厚和劉再復認為這與中國現代革命過程中形成和固定化的兩極對立的思維和階級鬥爭的理念有深刻的關聯。然而即使達到這種認識，兩位作者也沒有一刀切否定作為精神力量的革命。比如他們認為「長征精神和延安精神」，「在戰爭時期很寶貴，是取得革命勝利的重要因素。」簡而言之，《告別革命》對革命

是抱着歷史的、理智的、具體分析的態度，既非全盤肯定，也非全盤否定。他們因應社會歷史階段的改變，因應從革命到建設的轉變，肯定該肯定的，揚棄該揚棄的。他們所否定的是和平建設時期人為開展急風驟雨式的階級鬥爭。他們要告別的是這種革命，即有濃厚人為色彩的階級鬥爭式的革命。這才是「告別革命」的核心意義。不讀書，不看具體論述，上來就望文生義，扣上「歷史虛無主義」、「反馬克思主義」等帽子，是沒有意義的。這種對善意的曲解和誤解令我想起西漢景帝年間一場關於「革命」的儒法論辯。持有法家思想的黃生認為湯武不是革命，是「殺」。但出於儒家的轅固以為湯武天下歸心，是為「受命」。黃生反駁說，當年湯武是臣子，而桀紂是君王。臣子不規勸有錯的君王，反而起兵，難道不是殺嗎？轅固把這個情景推演到當下，反問道，高皇帝起兵反秦，有錯嗎？這一問，黃生無法回答，因為弄不好小命就沒了。幸得漢景帝是個明白人，他的裁決是，「言學者毋言湯武受

命，不為愚」。事實上，今天也可以仿照漢景帝的說法，「言告別革命，不為愚」。因為中國歷史的演變，總有「馬上」和「馬下」兩個階段的不同。合適「馬上」奪取天下的做法不能應用於「馬下」治理天下，同樣「馬下」治理的原則也不能用於「馬上」。這個認知從西漢以後就固定下來，十分清楚了。今人反倒退化，不如一個二千多年前帝皇的認知，豈非怪哉？

王德威熱愛中國文化，時常穿梭於臺海和大洋兩岸，做了大量溝通文化學術的有益工作，尤其是他的學術努力，面向英語世界研究和介紹中國晚清以降的文學歷史和成就，為中國文學走向世界，為破除文化臺獨，其努力和貢獻是有目共睹的。其中即有不同看法，要之亦在學術探討的範圍。即如這篇序文，因要知人論世，便得以意逆志。然而所逆的志，也有不盡然的，未必合乎事實，比如「退居二線」說法。劉再復既然沒有上過「抗議政治」的第一線，也就不存在「退居二線」一事。探究學理，

從事撰述是他大學畢業以來的職志，一生無改。當然筆者也明白，這只是用詞的習慣，是行文的枝節，不是大的方向。王德威用金庸手書劉再復自題座右銘做序文的題目，更不能成為因文獲罪的理由。

後記

收在這個小集子裏的九篇文章，早的寫於二〇〇九年，晚的寫於二〇二〇年春。這些或長或短的文章談論的幾乎都是劉再復人生、思想、學術和散文創作。今次機緣巧合得以在香港中華書局出版，便把它們編在一起。為了方便讀者了解，有的題目稍有改動，並取了小標題。九篇文章合在一起，取名《閱讀劉再復》。

廈門大學二〇二一年建校一百周年，劉再復是廈大的傑出校友。中文系林丹婭教授約我寫篇關於劉再復的「學術評傳」。於是就有了剛脫稿的《劉再復思想學術述評》，以此文為廈大校慶助興。《劉再復印象散記》最初以《文學的守護人》為題刊於澳門《藝文》雜

寫於中山大學康樂園

二〇二〇年二月十日

誌二〇一八年第三期。澳門劉阿平獨自辦刊,她做了劉再復的訪談錄,並約我寫這篇關於劉再復的印象記。

　　再復的散文和學術撰述自一九八九年後足有二十年絕跡於中文簡體字世界。到了二〇〇八年北京奧運前後,氣氛慢慢變得沒有從前那麼凝重,出版界又想起了勤奮不輟的劉再復。二〇〇九年是他重回簡體字世界的頭一年。廣東花城出版社最早出他的海外散文選,取名《遠遊歲月》。封面只有藍天白雲,附帶一行小字:「漂泊者心靈自傳。」這是出版史上奇特的一頁。我記得,二十世紀八十年代初讀過一本書叫《重放的鮮花》。再復的散文和著述,與它的命運相似,都是隔了好些歲月才又重新回到這片土地上。書要出版的時候,他囑我寫幾個字。我覺得義不容辭。他的書回到中文簡體字的閱讀圈畢竟有益於讀者,有益於學術思考。於是就寫了《遠遊者的沉思》,它是我第一篇關於劉再復的文字。收在本書更題為《劉再復的人生啟示錄》。自那以後,出版的大

門似乎向他敞開了，陸續有好幾種他寫於海外的著作如《雙典批判》、《紅樓四書》等都可以出版。不但新著，連舊著雖有周折，最後也都面世了。出版的高峰要數二〇一一年由白燁編次北京三聯書店出版的十卷本《劉再復散文精編》。原題《滄桑與深情》的《劉再復海外散文的滄桑感與深情美》，原題《歷史和心靈的見證》今次更題《讀〈劉再復文學評論選〉》，《地獄門前的思索》和原題《思想的蹤跡》的《思想者的人文探索》四篇原本是這時期劉再復著作的序文或讀後感想。

《中國現當代文藝思潮與劉再復》其中關於劉再復主體論的部分是為二〇一九年五月香港科技大學紀念五四一百周年的學術研討會而寫的論文。過後覺得單純論主體性文學觀不容易說得清楚來龍去脈，於是擴展了討論的範圍，聯繫現代左翼文學思潮發生的爭論，及於魯迅與創造社諸人、胡風和解放區的教條主義批評家。從現當代文藝思潮史的角度看二十世紀八十年代劉再復文學主體性與蘇式理論教條之間的對峙分歧會讓我們對

這種綿延相續的文藝思潮現象有不同的理解。文章曾以《「革命人」主觀和主體》為題，刊於二〇一九年第六期《華文文學》。這篇長文寫之在前，與後來《劉再復思想學術述評》都有述評到主體論，其中部分文字有重複，這是需要說明的。

《王德威〈五史自傳序〉讀後》原載於二〇一九年底《明報月刊》。事出哈佛大學王德威教授為劉再復《五史自傳》寫了序文而刊於二〇一九年第五期《華文文學》上，引出了事端。我寫了篇讀後表達我的看法。

香港中華書局願意出版這本小書，我衷心感謝總編輯侯明女士的大力支持和幫助。書即將編就，再復兄告訴我他願意為此寫幾個字。這讓我欣喜若狂。我因緣際會結識再復兄，數十年來他是我的好師友、好長輩。我從他的談話、待人接物和切磋學問中獲益良多。這本小書也算是我對他的思想、學術、散文和他的人生的理解。談論他的書由他來作序，那是再好不過了。我表示誠摯的謝忱。

責任編輯：沈海龍
裝幀設計：林曉娜
排版：陳美連
印務：林佳年

思想者的人文探索——閱讀劉再復

著者　　林崗

出版　　中華書局（香港）有限公司
　　　　香港北角英皇道 499 號北角工業大廈一樓 B
　　　　電話：（852）2137 2338　傳真：（852）2713 8202
　　　　電子郵件：info@chunghwabook.com.hk
　　　　網址：http://www.chunghwabook.com.hk

發行　　香港聯合書刊物流有限公司
　　　　香港新界大埔汀麗路 36 號
　　　　中華商務印刷大廈 3 字樓
　　　　電話：（852）2150 2100　傳真：（852）2407 3062
　　　　電子郵件：info@suplogistics.com.hk

印刷　　美雅印刷製本有限公司
　　　　香港觀塘榮業街 6 號 海濱工業大廈 4 樓 A 室

版次　　2020 年 5 月初版
　　　　© 2020 中華書局（香港）有限公司

規格　　32 開（190mm×130mm）

ISBN　　978-988-8675-58-6